中国微型小说精选

薄荷的邀请

中国微型小说学会 编

新世界出版社
NEW WORLD PRESS

图书在版编目（CIP）数据

薄荷的邀请 / 中国微型小说学会编. -- 北京：新世界出版社, 2024.3

（中国微型小说精选）

ISBN 978-7-5104-7908-3

Ⅰ. ①薄… Ⅱ. ①中… Ⅲ. ①小小说- 小说集- 中国- 当代 Ⅳ. ①I247.8

中国国家版本馆CIP数据核字(2024)第053869号

薄荷的邀请
中国微型小说精选

策　　划：葛文聪
编　　者：中国微型小说学会
责任编辑：葛文聪
责任校对：宣　慧
责任印制：王宝根
封面设计：贺玉婷
版式设计：北京书香传承文化发展有限公司　魏芳芳
出　　版：新世界出版社
网　　址：http://www.nwp.com.cn
社　　址：北京西城区百万庄大街24号（100037）
发 行 部：(010) 6899 5968（电话）(010) 6899 0635（电话）
总 编 室：(010) 6899 5424（电话）(010) 6832 6679（传真）
版 权 部：+8610 6899 6306（电话）nwpcd@sina.com（电邮）
印　　刷：北京虎彩文化传播有限公司
经　　销：新华书店
开　　本：880mm × 1230mm 1/32　**尺　寸：**130mm × 200mm
字　　数：200千字　**印　张：**9
版　　次：2024年3月第1版　2024年3月第1次印刷
书　　号：ISBN 978-7-5104-7908-3
定　　价：46.00元

序言

花开人独立，微雨燕双飞

中国微型小说源远流长，在文学史上产生了许多脍炙人口的优秀作品，近年来更是获得了“井喷式”发展，创作呈现“现象级”发展态势。

首先，从产量和品种来看，全国每年发表微型小说作品约四万种，蔚为大观。其次，从阵地来看，除专业微型小说外，大多报刊均开辟有微型小说栏目，微型小说虽不能说是其“保留节目”，但绝对称得上是其“重场戏”。而作为二度文献的微型小说年度选本，全国每年也出版六七种以上。第三，从团队来看，微型小说的作者队伍人数众多，涌现出孙犁、汪曾祺、高晓声、林斤澜、刘心武、孙方友等名家大家。微型小说团队也快速崛起，产生了中原板块、广东板块、江淮板块、两湖板块等创作群体，各有特色，各领风骚。第四，从成果来看，自20世纪90年代以来，多篇微型小说作品被收入中国各地区大、中、小学语文教材。冯骥才先生的《俗世奇人》还获得了第七届鲁迅文学奖。

在风起云涌的微型小说大潮中，还诞生了标志性组织——1992 年在上海成立的中国微型小说学会，产生了标志性品牌——湖南常德的武陵国际微小说节，催生了标志性奖项——中国微型小说年度奖等。它们都在不同层面助推了中国微型小说的发展，丰富和扩大了中国微型小说的影响。微型小说甚至突破地理空间的藩篱，扩展到海外华人写作社群，成为中国与海外联系、沟通的重要文学纽带。

微型小说的繁荣，打破了当代中国小说的创作格局，使其由传统的长篇、中篇、短篇“三足鼎立”，一举扩展为包括微型小说在内的“四大家族”。微型小说作为一种独立文体，日益成为当代文学创作中一股不可忽视的力量。

为了展示当代微型小说创作成果，向国内外读者介绍优秀的微型小说作品，中国微型小说学会特组织编选了“中国微型小说精选系列丛书”。所选的微型小说系从浩如烟海的微型小说作品中淘漉出来的，它们或是流传较广的名篇佳作，或是产生相当影响的经典之作，一定程度上代表了当代中国微型小说的创作盛况。

与众多选本不同的是，本系列选本系“双语选本”，除出版中文版外，还将出版英文版，以期让更多的中外读者通过更多的语言媒介，既能充分欣赏别具一格的中国微型小说美学，又能从中管窥当代中国的社会形态。

毋庸讳言，由于人力、能力之局限，目前这个“选本”尚有不少遗珠之憾，诚望读者在阅读中加以指正。

细雨轻烟、莺飞草长之际，愿中国微型小说双语版像寥廓天空下的春燕一样，翩然飞入海内外寻常百姓家！

是以为序。

中国微型小说学会会长　夏一鸣

2021 年 5 月 2 日

目录

长出一地的好荞麦

曹多勇

这年里，德贵最后一次来种河滩地已是腊月，这期间，他先后种过一次黄豆，两次绿豆，两次麦子，庄稼还是颗粒无收。这情况，德贵还有岁数更大的犁都没经历过。儿子儿媳说这怪气候叫厄尔尼诺现象，德贵不听这道理，骂天，说这是要绝人啊！

大河湾土地分两种：一种在围堤坝里，淮河水一般淹不掉，是大河湾人赖以生存的保障；另一种地在堤坝外，无遮无拦地紧挨淮河，一年里能收季麦就不错了，秋季天都荒着——这地叫河滩地，也叫荒地，大河湾只德贵一人秋季天还耕种河滩地。

村人说："德贵，那点河滩地还能结出金豆豆、银豆豆？"

德贵家人也说："德贵，年年秋季天见你河滩地种呀种呀种，可临了收几次？”

德贵先是不愿搭理话，落后才说：“俺见河滩地长草就像长俺心口窝，痛得夜夜睡不着觉呀！”

河滩地位于村东两里地，德贵出了庄，赶头牛，扛张犁，沿河堤一直往东去，人老，牛老，犁也老。牛老，蹄迈得很迟缓，从远处看还以为牛是站堤坝上不动弹；人老，老在脊梁上，肩上挂一张犁，侧斜身显得更佝；犁呢是犁铧小，犁把细，还满身裂出一道一道暗裂纹，像老人手上脸上的皱纹皮。牛前边领，德贵后面跟，牛缰绳牵连他们俩，一副懒懒散散的模样，弄不清是德贵赶牛，还是牛牵德贵。至河滩地头，德贵说一声“吁——”，牛停下蹄，瞪一对大牛眼瞧德贵，德贵下堤坝往河滩地里走，牛也侧转身头低屁股撅，挺住蹄缓下堤坝追德贵，关键时才分出牛还是受人支配着。

德贵没有即刻套牛犁地，他知道牛跟自己还有犁都得歇息喘口气，犁榫眼松，趴德贵肩“吱呀吱呀”一路不停歇地叫，德贵说：“犁，俺知道你榫眼咧着嘴，不湿润湿润水，你准散架。”牛嘴也“吧嗒吧嗒”扯黏水吐白沫，德贵说：“牛，俺知你嗓子眼冒着火，得去淮河里喝个饱。”于是，德贵、牛和犁三个老货径直朝淮河走去，牛饮水，人喝水，犁干脆丢河里，德贵喝几口水站起身，骂犁："你个老货还真能憋气呢！"骂牛："你个吃草的家伙能站俺上游饮水？"

淮河水这会儿还温温顺顺躺河床里，波浪一叠压一叠有条不紊地浪过来又浪过来。德贵、牛，还有那只淹没水里的犁构成一幅温馨的田园画，但德贵却在这宁静貌似温顺的淮河水里瞧看出洪水泛滥的迹象，这迹象是几缕浑浊的泥丝，曲曲折折隐河边的水里摇曳流过，这几缕浑浊的泥丝就是上游山水下来的前兆，就像暴风雨过来之前的一阵凉风。

牛饮饱水抬起头，润湿的嘴像涂抹油似的又黑又亮，德贵问牛："你说俺们这地犁还是不犁？"牛两眼盯着水面瞧着什么，又似乎什么也没瞧，德贵又问犁："你说俺们这地犁还是不犁？"德贵问犁没见犁，这才弯腰伸手捞出犁，犁全身吃透水，多余的水"滴答滴答"往河面滴。这清脆的水滴声像是回答德贵的问话，德贵说："还是犁说得对，不能害怕涨水淹河滩地，俺们就不种河滩地。"

不知怎么的，德贵感觉最通人性的是犁，而不是牛。

这天上午，德贵犁过河滩地；这天下午，德贵耙过河滩地；这天挨傍晚，德贵撒开黄豆种。一天时间，这块河滩地就喧喧腾腾像块饼被德贵精心制作好，摆放在淮河边上。

然而，还没等德贵的锄伸进去，淮河的水便涨出来，德贵赤脚跑进黄豆地，眼前那些没顶的豆苗还使劲地举着枝叶在河水里挣扎，德贵站立的地方原本还是一处干地，河水舔舔地漫过脚面，德贵往后退，骂河水说："俺是一棵会挪动的庄稼，你们想淹也淹不住。"

就这么河水淹过种，种过淹，德贵从夏日里一口气赶进腊月天。

腊月里天寒地冻，德贵这回出村没牵牛，没扯犁，只扛一把大扫帚，河滩地经河水反复浸泡几个月，晃晃荡荡地如铺展一地的嫩豆腐。这样的地是下不去牛、伸不开犁的。德贵扛的大扫帚是牛也是犁，他脱下鞋"咔嚓"踩碎表层的薄冰走进去，冰泥一下没过小腿肚，德贵挨排排拍碎冰，而后才能撒上种。

这一次撒的是荞麦，腊月天，只能种荞麦。

德贵毕竟是上岁数的人，又加两腿淤进冰泥里，那些刺骨的寒气也就洪水般一浪一浪往心口窝那里涌。德贵仍不罢手，不急不躁，拍一截冰泥地，撒一截种子，而后再把荞麦种拍进泥水里。德贵知道停下手这些拍碎的冰泥又会凝结起来，德贵还知道荞麦种在这样的冰泥里是长不出芽的，即使长出芽，也会被冻死，但德贵仍是一点一点地种。

这天，德贵回家烧两碗姜茶喝下肚，便躺床上睡起来，梦里的河滩地绿油油长满一地的好荞麦，长呀长呀一个劲地往上长。

那年埋下一颗桃核

曹隆鑫

她不敢跑，怕一跑就露了馅。或许身后的脚步声是不相干的人弄出来的，是自己多心了。况且就算是，人家没有喊住她，说明她还没有把柄落在人家手上，此时只要回头对身后的人笑笑，谅身后的人也不敢对自己怎样。可她不敢回头，害怕人家认出自己，更害怕自己的脸上藏不住事，到时没事也要变成有事。

上学放学她都要穿过下宅村。下宅村不大，窄窄的村路两边散落着七八户人家。有一家院子前有块菜地，菜地是用竹篱笆围着，菜地中间有一棵碗口粗的桃树。她村子就没有谁家栽有桃树，下宅村好像也仅此一家。桃花开时，她会跑到菜地边看上许久。有一天，她捡了一个玻璃瓶，她把玻璃瓶洗得干干净净，储了水，放在床前的窗台上，她想着，要是有两三朵桃花开在玻璃瓶上，那该有多好。每次经过，她都要在菜地边上多停留一会儿。有一回，她稍稍抬高了腿，一下就跳进菜地里去了。她站在菜地里，被自己这一跳吓住了，又赶紧慌慌张张地转身跳出了菜地。

桃花开桃花谢，桃树上结满了青青的毛桃，一眨眼，毛桃变成了姑娘家的粉红脸儿。她去时望，回时望。这天放学，走到那块挂满粉桃的菜地，她抬头看了看天，天上满是灰色的云，太阳被遮住了。她又扭头看了看四周，没人，更连平时飞来飞去叽叽喳喳的雀儿都不见一只。她看了看身边的竹篱笆，很明显有多人跳进去过，把整整齐齐的小竹枝都弄乱了。说时迟那时快，她“嗖”地就跳了进去，还没站稳，就直奔那棵桃树。

前些天随妈妈进城，看见商场边上有卖桃子的，她看了一下桃子，她看见妈妈也看了一下桃子。卖桃子的跟她们打招呼：“我这桃子可好吃呢，买几个吧，便宜。”她见妈妈停了下来。妈妈在商场里经过很多摊位时都会停一下，虽然后来还是什么东西都没买。她一边把手往衣角上擦，一边想，就是不买，摸一摸那一个个又大又红的桃子也是极好的。她还没伸过手去，妈妈突然急走，头也不回地厉声说，快走！她忧伤地明白，今年又是吃不成桃子了。

现在，她的书包里就藏着一个桃子。她胆战心惊地终于要走出下宅村了，她一回头，身后什么人都没有。

妈妈病了，躺在床上，喊她端碗水。她端着水碗走到妈妈床边，看妈妈一小口一小口很费力地喝着，她差一点就要扭身把那桃子拿出来给妈妈吃。她有好几次都把桃子带到妈妈床边了，她怕妈妈问她桃子是从哪儿来的。她在睡梦中都在绞尽脑汁编一个桃子的来处，可都不尽善尽美。她把桃子用柔柔的草纸包好，藏在床底下那只半筒雨鞋里。属于她的私人空间很少，她想不出哪儿还有更好的地方去藏这个桃子。在课堂上她常常走神，她老觉得有老鼠已经钻进雨鞋去光顾这个桃子了。放学回家，她看见路边的杂草丛里窸窸窣窣地响，就疑心是只老鼠，她就恨恨地朝杂草间掷石块。

好几天了，妈妈的病没吃药也好起来了。妈妈能下床了，能在屋里走动了，能烧饭做菜了。她很高兴，突然想到那个桃子，她的嘴里涌满了口水。她跑到床边，弯下腰，伸一只手往雨鞋里掏。她惊一跳。桃子烂了，她伸进去的手里尽是黏糊糊的。她不甘心，往深里摸，她摸到了一颗硬如坚石的桃核。

她在屋边埋下了桃核。她朝埋下的桃核浇了满满的一瓢水。

很多年过去，她差点忘了那时的事。媒人到她家给她说亲，媒人说小伙子是下宅村的，她问："是有一棵桃树的下宅村吗？"媒人立即点头说是。她说好。妈妈惊讶地看着她，问："那小伙你熟悉呀？"她说："不熟悉。"妈妈说："那你说什么好？"她恍恍惚惚地说："我有说过好的吗？"媒人赶紧说："你说过的，你说过的。"媒人又往妈妈这儿看，说："咱闺女是羞着呢！"

她记起了在屋边埋下的那颗桃核，她的眼泪刹那就流下来了。媒人惊得一把搂过她的肩，心疼地说："闺女，咱现在条件这样好，要啥有啥，你不喜欢，赶明儿婶给你再介绍一个，你掉啥眼泪啊！"

戴礼帽的女人

岑燮钧

舜江老东门外开店的女人中，就数这一位看起来优雅，几乎没人见过她不戴帽子的样子。冬天，戴一顶米色的绒线帽子，右边的帽檐上还缀着一朵花。春秋季，帽子的样子就更多了。就是夏天，也戴着一顶薄丝质的帽子，帽檐撑开来，像倒覆的一片荷叶。出门去，戴着帽子，袅袅娜娜的，倒也好看。可是，在家里，她也如此。透过落地玻璃，经常见他们夫妻俩在打牌，她戴着帽子，像一个在沙龙聚会的贵妇人。

他们开的是一家名酒专营店，也许是搞批发的，店里少有人来。黄昏时候，隔壁烟杂店的女人最忙，咋咋呼呼着；他们最闲，斜射进来的夕阳的光返照出来，店堂里显得迷离惝恍。她对着玻璃茶几，要么并着两腿，侧弯坐着，像个淑女；要么一条腿搁在另一条腿上，就缺一根烟夹在手指上了。男人出一张牌，她也出一张牌，让人感觉又温暖又清冷。有时，烟杂店的女人会突然闯进来："呦，你们夫妻俩，倒是悠笃笃的！"她是来避难的。她们店里，人进人出：一边，儿媳妇在骂孙子；一边，顾客等得心焦，想让她帮着收个钱。她只管进货送货，懒得管这个活："管不好的了，管了今天还有明天呢，哪像你们，进的是高档酒，干的是高档活，清静！"

到了夏天，烟杂店的女人去进货送货时，也戴了一顶像沙漠女人戴的帽子，遮太阳。人家在她儿媳妇面前夸赞她，她儿媳妇努努嘴，瞟了一眼隔壁，意思是学人家的样呢。大家就嘿嘿一笑。那倒是，人与人之间是不一样的。名酒店的女人戴着帽子，没人觉得她不伦不类。她什么活都不干的，除了伺候一只京巴狗；就是她老公，也只是拾掇拾掇花草，仿佛他们就该这么悠闲似的。他们很少跟人来往。有时看见她去附近小公园散个步，也是一个人走，孤零零的。她目不斜视，仿佛就为走路而走路。跟这里的土著不一样，他们买下这个店堂，也就两三年的样子。

有一回，烟杂店的女人终于忍不住了，问道："我从未见过你们的孩子，他不来的吗？"

"他到英国读博士去了，已经有三年没回来了。"

她说话的时候，有点小小的得意，又有点小小的感伤。

“啊哟，那是让人羡慕的，读书这么好！你看看我家孙子，写个作业，跟杀猪似的，还要全家总动员呢。”

这时，她男人走过来：“你们也好的，每天团团圆圆。你看我们两人，大眼对小眼——不知什么时候才能抱孙子呢。”

“我是每天烦死，奶奶长奶奶短，每天缠着我，一会儿要这个，一会儿要那个，我是对我孙子说——找你妈去！”

他们的孩子去读书时，男人是支持的。自从去年开始，男人也有点后悔了。为的啥事，就为的这疫情。自从新冠病毒肆虐以来，他们天天看新闻。这英国的疫情，牵着他们的心。

“我是不吃安眠药根本就睡不着，你看我，脸色难看不？”她朝向烟杂店的女人。

烟杂店的女人把这事说给儿媳妇听之后，儿媳妇说：“难怪，像个英国人，戴着个帽子，好像电影里的一样，原来她儿子在英国读书啊。”

每天晚饭后，他们依然在筒灯下，一对一打牌。他们很少把店里的灯开得金碧辉煌，让人怀疑他们是吝啬，舍不得点灯。店堂暗沉沉的，只有靠近落地玻璃的地方才有亮光，两人仿佛是活体模特，在玻璃里展览着。

终于有一天，她对烟杂店的女人说：“我儿子要回来了！”这几乎是唯一的一次她主动跟人说事。

“那好啊，这次回来了，可别让他再走了！”

女人有那么一两秒走神了，然后讪讪地笑了一下：“我也这样想……”

他们门前的一辆白色宝马从来是干干净净的，男人有事没事总擦一擦。这一天，他又在擦车，烟杂店的女人随口问道：“干啥去？”

“接儿子去，隔离结束，下午去宾馆接一下。”

他们什么时候来的，她不知道。第二天，她问道：“你儿子回来了？”“回来了。”戴礼帽的女人难得露出了笑容。“咋没看见他呢？”“在楼上呢。”这自然是好的。儿子来了，男人忙碌了很多，每天上街买菜。女人整天地消毒啊，拖地啊，他们两人面对面坐着打牌的时间就没了。但是，女人依旧戴着礼帽，除了她男人，估计没人见过她盘在上面的头发——两鬓只露出少许，染黄的，根部稍有花白的痕迹。

有好几次，烟杂店的女人被家里的事烦死，就踱到她家来，问道：“你儿子呢？”“在楼上。”“怎么不下来呢？”“在学习呢，在上网课……”“还回去不？”“我是让他在国内找个工作，他说要回去，就要实习了，去世界五百强企业呢。”她的语气有点无可奈何，又好像有点为儿子骄傲。烟杂店的女人自然是夸赞她儿子一番。但是，与别人不同的是，这个女人也没多大劲头接这个话茬儿。她一眼不眨地看着烟杂店的女人的孙子过来找她，硬拉着奶奶回去。

不知过了几个月，这个戴礼帽的女人又与她男人一对一地打起牌来。他们的儿子飞走了。

夕阳的光照进名酒专营店的店堂，有种暗暗的金黄色，又温暖又清冷。隔壁烟杂店的女人在发牢骚，她总是这样的。这个女人的心思全不在隔壁人家上，她对着玻璃外马路上的车来车往发呆。她拿下礼帽的时候，突然，烟杂店的女人闯了进来，她愣了一下，大咧咧道：“呦，你怎么顶上的头发全白了？”

“岂止是全白了，还掉发呢，不戴帽子，根本就走不出去。”

“我是想，你干吗一直戴着帽子。”

“愁白的啊！”

幸福的瓷器

陈小庆

松明和师父一起去采瓷石的时候，是个春暖花开的好天气，他被好天气弄乱了心神，拉着平板车的他一定东张西望来着，不然怎么会看见这个穿红围裙、系着绿飘带的女子？女子一定哼着歌儿吧，她手里拿着一小束野花，肩上还挎着一个布袋子，她是出来挖野菜的。他看见有风吹动了她的绿飘带，她低头看地上的野菜的时候，一只小鸟竟大着胆子落在了她的肩上，师父突然撂过来一块软泥，一下子惊醒了他的痴迷。他们到达目的地之前，师父说了，不是哪里都会有瓷石的，你要学会鉴别。师父随意铲了几处说，看，这些地方是绝不会有的。然后他们来到了目的地。居然有人把守。是一个地主家的家丁，师父说这地方本来是没人要的，发现瓷石后，就有有权势的人插手了，不过收钱并不多。

忽然松明听见一声尖叫，原来是那个女子在挖野菜时发现了一条刚刚苏醒的蛇。也许是他和师父刚才无意中挖开了一个蛇洞吧！也许她的手几乎要碰到那条蛇了吧！她开始一定以为那条蛇不过是一截树枝吧！他想要去帮那个女子，但师父叫住了他，说现在的蛇还没有睡醒，不要紧。果然女子不叫了，只愣了片刻就匆匆离开了。

师父说并不是非要自己采瓷石，一般都是去买现成的，但想让他从头到尾了解瓷器的制作，所以他们自己采了一次瓷石。他们把采回来的瓷石，经水碓舂细，淘洗，除去杂质，沉淀后制成砖状的泥块。然后再用水调和泥块，去掉渣质，用手搓揉，或用脚踩踏，把泥团中的空气挤压出来，并使泥中的水分均匀，师父把这叫作练泥，泥得纯粹才能用。

然后拉坯、印坯、利坯、晒坯、刻花、施釉、烧窑……

他想着那个女子，师父让他往花瓶上画画时，他就不知不觉画上了那个女子。他小时候是学过画画的，所以师父会选中他做唯一的徒弟。师父发现了他画了个女子，说这一批不能画女人，让他重画，他求师父说就画这一个吧！他画第二个花瓶时，又不知不觉画上了那个女子，师父打了他一顿，饿了他一天，再让他画时，他就不敢画那个女子了——他画了一束野花，那时他看见的她拿的就是这样一束野花，他不认识那是什么花，但他画得一模一样，然后他画了一缕风，绿油油的风。他并不是没有见过漂亮的女子，在他的家乡小镇上，逢集时和爹爹一起去卖竹筐时，他见过很多漂亮的女子，可这个尖叫的女子，却不知为何让他一直念念不忘。

松明没事时喜欢去遇见女子的地方逛，他渴望重逢那个女子。但他再也没有见过她。一辈子也没有见过。有一天，他正在烧窑，听见远处传来了唢呐声，和姐姐出嫁时一模一样的唢呐声，吹的是欢快的曲子，却很奇怪地让人肝肠寸断。但师父看得很紧，他没有出去看。但他听到那唢呐声就莫名想哭，那天的天很蓝，让人想哭地蓝。

转啊转，烧啊烧，那些泥坯子吸收了师父的手艺，又在窑里吸收着温度，吸收着松明看守炉子的时间，还吸收了世间所有尖锐的叫声。

在烧窑的时候，他总喜欢想心事，想家乡的麦子抽穗了没有，想母亲做的野菜团子，想父亲用竹竿上绑的铁钩子钩的榆钱，想家里吃饭用的粗瓷的大碗，想姐姐出嫁那天的哭声唢呐声，他在想自己那天在黄土路上奔跑并摔倒的情形，那天他突然不想让姐姐出嫁了，但姐姐还是嫁到很远的地方去了。

出窑的时候，那些精美绝伦的瓷器，一下子就晃晕了他的眼睛。

一天，师父喝了点酒，一不小心碰倒了一只花瓶，他惊呆了，因为他听到了这个世间最美的声音，和那个女子看到蛇时叫的声音一模一样，这声音是从那个摔到地上的花瓶里发出来的。他从未听过这样的声音会从瓷器里发出，他认定她藏在里面。

他偷了一件花瓶，他心爱的画有那女子的花瓶，师父发现了，并不作声，只是有一天对他说：“你该娶媳妇儿了！”他不语，他不知自己该不该等，他在等什么呢？等谁呢？难道是等一声尖叫？

“这是一件宋代官窑瓷器，据说和爱情有关，北宋的松明大师烧出这件瓷器后，就去世了，他一辈子都想听到那美妙的声音，但他永远也不会把瓷器摔到地上，所以他后来再也没有听到那声音。有一天，松明大师看到一条蛇在花瓶下面爬过，但花瓶并没有尖叫——”博物馆讲解员最后说了这样一句话：“幸福的瓷器总是沉默不语！”

一千年的沉默有多么美？在松明的感觉里，那个女子一定不会讲话，像瓷器一样，一生只发出一次尖叫。

旧梳子，新梳子

陈修平

很早以前，男人就发现女人随身携带的包里有把羊角梳。

至于最早啥时发现这羊角梳的，男人记不大清楚，依稀是经人介绍第一次见面时就看到了，又像是第一次约会时瞥见的，但可以肯定的是，结婚当晚看到女人从包里拿出来梳理了头发。此后，几乎天天都能见到女人拿着这羊角梳梳理头发，梳理之后又放回包里，似乎并不想与男人共享这把梳子。

一开始，男人并没感觉这羊角梳有啥特别的，只是觉得有点陈旧，表面已失去光泽。一把旧羊角梳而已，男人根本没在意。

一天早上，男人洗完头，发现羊角梳还在洗脸台上，顺手拿起来梳理头发。

正进卫生间找梳子的女人看到了，立即从男人手中夺了过去："别用我这梳子！不是还有其他梳子吗？"女人的话语硬邦邦的，隐隐冒着缕缕冷气。

"这梳子，我不能用？"男人露着狐疑的目光，有点生气地问。

女人没理睬，顾自拿着羊角梳出了卫生间。

"这女人，啥意思呀？！"男人傻愣了好一阵，怒气才慢慢消散。

女人让男人别用羊角梳的话，其实说得有点多余。此后女人根本没让男人有使用这把羊角梳的机会，因为她一用完就马上放进包里，并拉上拉链——仿佛上次没及时收拾梳子的教训，已深刻在她心里。

不过，自此这把羊角梳就像一把锥子扎进男人心里，又像附着魔力总是吸引男人的视线。只要看到女人拿出羊角梳，男人就忍不住偷偷盯着看，似乎要从这羊角梳里洞察出些啥……

男人甚至还趁女人在厨房做饭的间隙，悄悄打开过女人的包，拿出羊角梳仔细察看，除了刻有一个名气蛮响的商标，其他并没啥发现。

男人犯了病一样，一有空就想着女人这把羊角梳，猜想着这梳子的来历及其背后隐藏的情节：父母送的？闺蜜送的？都不像，女人不会如此像保护圣物一样……那就只有一种可能，初恋男友送的！尽管男人实在不愿这样想，但他最终只能往这儿想。一想到这儿，男人心中的火气就升腾上来了。但转念一想，在与自己确定关系后，并没发现或风闻女人与其他异性有过不正常交往，男人又释怀了："谁没过去呢？我也有过初恋，只是我早已放下了。"

"她为何就不能放下呢？"男人又琢磨开了，"结婚都十一年了，孩子也满十岁了。除了梳子这事，她还是全身心打理这个家的。"

一把小小的旧旧的羊角梳，成了横亘于男人与女人之间一堵厚厚的墙壁……

一天早上，女人又从包里拿出羊角梳梳理头发，男人瞥见梳子齿距好像出了问题，仔细观察，发现梳子中间掉了两三根齿。男人有点幸灾乐祸地想："梳齿都断了，看你还咋梳？看你还能梳多久？"

上班时，男人脑海总晃着女人断齿的梳子："劝她扔掉？她肯定不肯！要不去专卖店买把一模一样的梳子送给她？要是她不肯接受呢？那不是白买了……"整整一上午，男人就这样反反复复思忖着。

"买把一模一样的梳子，看她接不接受，即使白买了也要买！"下班时，男人终于决定了："更何况买了就不会白买，至少可以看到她的态度！”

到家后，男人拿出新买的羊角梳递给女人：“送你个小礼物。”

女人怔了一下，还是接了过去。打开包装盒看到羊角梳，女人脸上飘起一丝不易察觉的红：“咋想到给我买这个？”

男人本想含糊应答一下：“看到好，就买了。”但终究没这样说，而是实话实说：“看到你的旧梳子断齿了。”

女人又怔了一下，本想说“你咋知道断齿了”，但说出的是：“好的，谢谢！”

女人拿着新梳子试着梳了梳头发，感觉还不错，就打开包放进去。看到旧梳子，拿出来准备放进床头柜抽屉，迟疑了一下，又折转身放进垃圾桶：“时间久了，齿都断了，是该放下了！结婚这么多年，孩子也大了，早该放下了！”

看着垃圾桶中的旧羊角梳，男人长舒了一口气，顿觉横亘于夫妻之间的墙壁轰然倒下了，心上的锥子也彻底卸下了：“只要接受了我这新梳子就好！至于旧梳子究竟谁送的，还用得着苦苦纠结吗？！”

欢乐颂

陈毓

天赐我一个婆婆，我婆婆带给我一大串亲戚。沿着那条脉络摸索去，一个，一个，又一个……我用了好几年时间，总算记住彼此间复杂的称谓。

有个大妈，我最喜欢。每年清明前，大妈就会捎信来：今年的春茶下来了，油菜花黄了，再不来，林子里的笋子可就老了。这些话经我婆婆转达，我会立即催促婆婆：明天我就陪您去一趟吧。

大妈表达亲情总是从饭桌上开始，清炒菜苔、油焖竹笋、韭黄爆河虾、桃花豆腐、白果焖腊肉、笋干煲鸭汤……只有我们吃满足，大妈才觉得我们是见过面了。“有什么吃什么。”大妈总说。语气一定不是表达谦卑，是对生活的知足和感激。看见我们那么喜欢吃她做的饭菜，大妈做得越发起劲。一顿，又一顿。我感叹大妈把春天装进我身体里了。大妈说：“你能多来就多来，这里的青山绿水，也不委屈你。”

大妈像个磁场，在她身边，我就觉安静、快乐和知足。我想这好比香樟树的周围不滋生蚊虫，在大妈身边我就不浮躁了。

大妈爱唱歌，老了也没削弱这爱好，对人唱，对山唱，在菜地摘菜时唱，下河浣衣时也唱，是地道汉水民歌的调子，曲调婉转悠长，借景状物，从心所欲，真是情从心生，歌从口出，那么地自然而然，如万物生。

蓝的天，白的云，山峰青，江水碧。简单却隽永的日子，我在那短暂的相逢里似乎过了一生，又恍惚只是打了个盹醒来。

所谓幸福，也不过是依着这个蓝本画的吧？我端着大妈自酿的米酒，迷迷糊糊地想。

大妈像看透了我的心思，淡淡地说：“留你久住这里，你也会不惯，会着急。你小住几天合适。”

妹是鲜花香千里，
哥是蜜蜂万里来。
蜜蜂见花团团转，
花见蜜蜂朵朵开。
……

不知谁的歌声从河面飘过来。

太阳落坡四山黄，
唱起山歌送阿郎。
阿郎回家慢慢走，
妹儿泪珠湿衣裳。

立即就有另一歌者在后坡呼应。我倾耳听，在这悠长欲睡的春日午后。

大妈停住针线，悠然起歌：

大路边上栽南瓜，
我把萝卜当娃娃。
四季豆儿两头尖，
当中一个闪弯弯。
……

岁月静好，现世安稳。我对身边咕咕啄食的小母鸡说。

这样的大妈让我们忽略她的年岁。

但是大妈七十三岁了，这年的春天我去看她，她告诉我，她活不过七十四岁。谁都不在意她的话，我也不信，因为她依然清、瘦、硬朗。

大妈的身体忽然弱起来，大家才想起她春天的话，几个哥嫂都不明白是什么给了她暗示，但大妈的表情从容自然，如落叶树木进入冬天。

初冬的第一场风过后，大妈躺下了，大哥通知该通知的亲戚，其中有我。大哥说，大妈疼爱的人，都得回来给她唱歌。我以为是那一带老人故去后守灵人唱的孝歌，说我不会。大哥说，就是唱歌，欢乐的歌。

我到时，大妈已经弥留。大妈躺在床上，她要重新启程，回到三十一年前和她分别的大爹，四十年前从她怀抱离去的三弟身边。那是宋氏家族墓地，那里还长眠着大妈挚爱的她的婆婆，她在大妈五岁时收养了这个流落异乡的孤儿，养大妈到十八岁，然后从大妈的养母变成大妈的婆婆。

没有通常人哀叹身世飘零的悲苦，大妈说，她从一个家走丢就是为了进另一家门的。现在，她回到她生命中几个重要的亲人那里，在那里继续看护她留在世上的亲人，她的遗言就是嘱咐她的亲人用歌声给她送行。

歌声在大妈弥留的那一刻响起。都是大妈熟悉喜欢的汉水民歌的调子。大哥、大嫂、二哥、二嫂、四妹、四妹夫一个接一个唱，直到这个家族的晚辈都加入到这唱歌的队伍里来。低缓、悠长、重重叠叠，让我再次看见那根血脉的藤，婉转绵延，生生不止。

歌声伴大妈渐行渐远。我忽然惭愧，大哥说我是大妈疼爱的人，我当然得给大妈唱歌，我搜索心海，想起不久刚学会的一首民歌，我在大妈床前的席子上坐正身子，端庄而歌：

太阳歇歇么？
歇得呢。
月亮歇歇么？
歇得呢。
女人歇歇么？
歇不得。
女人歇下来，火塘会熄掉呢。
冷风吹着老人的头么，
女人拿脊背去门缝上抵着。
刺棵戳着娃娃的脚么，
女人拿心肝去山路上垫着。
有个女人在着么，

老老小小就拢在一堆了。
有个女人在着么，
山倒下来男人就扛起了……

灯火摇曳，我看见大妈脸上恍惚积满笑意，仿佛说，大妈喜欢这歌呢。

柳神医

陈玉兰

民国年间，古城保定城北，有一游医，姓柳，三十多岁年纪，无祖业可守，租了一户人家居住，整日摇一串铃沿街吆喝，能治百病。给人瞧个头疼脑热，勉强糊口。

那晚，柳医生喝了两杯酒，身子有些困倦，睡榻上早早躺下歇息了。忽被一阵敲门声惊醒，便掀开被子，坐起来，双脚在炕沿下搜搜索索找鞋子。他趿拉着鞋摸黑在桌上找到洋火“嚓”地划亮，点燃蜡烛，门外传来急促的求诊声，他答应着，让人先走，自己随后赶到。

他既兴奋又胆怯，兴奋是终于有了生意，胆怯是今夜要出诊，虽诊费高，却怕遇到劫贼。

他穿好衣服，看看表，已是午夜两点。求医者名叫耿汉，来人是他的妻子，说是昨日丢了毛驴，因毛驴是他的命根子，一家人全靠它拉活挣钱养活，急赤白脸找了整日未见，连气带急，又饥又累，昏厥过去。

柳医生打开门向驴棚跑过去，见驴卧在地上迷离着眼打盹，拍拍它的屁股说："好吃懒做的家伙，走，跟我出诊去。"

他给驴套上车子，从后门牵出，坐了进去，挥动小鞭，嘴里喊一声："嘚……驾。"毛驴颠颠跑起来，没跑两步，感觉身上好像少了些什么，前后摸摸，呀，着急忙慌忘带医药箱了。不觉自嘲笑笑："上战场战士不带枪，干啥？"遂勒住驴羁，下得身来，把毛驴拴在路边一棵小杨树上，回屋去取。

微弱的月光下，冷冷清清，街上静悄悄无一人。他回来走到毛驴跟前，大吃一惊，车子竟没了，只剩下毛驴自顾自地向前走着。他一把拽住驴笼头，四下里紧瞧，月光下影影绰绰一个幽灵出现，惊吓得起了浑身鸡皮疙瘩，大小便险些失禁，再定眼细瞧，是个人，用麻袋片蒙住脑袋，上面抠了两个窟窿，露着两只眼睛，很瘦小，用嘶哑的声音说："把驴给我放下。"

他心猛地抽搐，心里暗暗叫苦，遇到劫贼了。他舍不得那驴，跟了自己七八年，汤里火里滚过，有一次还把他从雪地的深坑里救出来，胜似兄弟。他搜遍全身只不过几吊钱，双手奉上，对贼说："这些钱给你，放过驴如何？"

贼手里拿着鞭子，也许是赶牲口用的，但现在成了袭人的兵器，恶狠狠地说："把驴给我放下。"

他想"打道回府"躲灾，恐误了病人性命，吃的酒一股一股在胃里翻腾，把脸冲得通红，给他壮了几分胆，高声叫道："你这没人性的家伙，畜牲，想打劫不成？"

那贼并不惧怕，忽地咆哮："谁稀罕你俩破钱，把驴给我放下。"

柳医生知道碰上硬茬儿，手便小心翼翼伸进医药箱里，因里面有一支手枪。

他把手枪对着贼的脑袋说："赶紧滚蛋，不然我绑了你送警局。"说着，做了一个扣动扳机的动作。

那贼身子颤抖了一下，似乎仍舍不得那驴说："把驴给我放下。"

他用手枪顶了顶贼的脑袋，冷冷重复："立刻在我眼前消失。"

那贼身子飒飒地抖，抖着声道："驴是我的，我要摸黑赶大早到很远的集市上卖驴。"

他厉声喝道："再不走我真开枪了。"

那贼极不情愿又无可奈何地消失在黑暗中，他并不追赶。

他把手枪收起，不再放回医药箱里，而是攥在手上，枪是他上一次深夜遭劫后准备的，是木制的。

他骑上光秃秃的毛驴，虽然把屁股硌得生疼，但有种回归凯旋门的神圣。

他来到城南耿汉的家里，其妻早已在门外等候，进得屋来，只见耿汉双手捂紧肚子，满炕打滚，嘴里喊着："疼啊，疼。"

他给耿汉号脉，觉无啥大碍说："病势不要紧的。"围着耿汉肚脐眼周围行了几针，又让耿汉喝了些热水。一会儿，耿汉放了几个响屁，咧嘴笑道："不疼了，出岔气儿了。"

这时，东方已渐渐发亮了。他环视一周，耿汉家家徒四壁，连坐的地方都没有，只好坐在破炕席上说："今夜我碰到偷驴贼了。"说着把头连摇几摇又说："被我赶跑了。"

耿汉夫妇自是惊奇不已，给了双份诊费，算是酬劳。

他拒绝道："穷帮穷，算我捐钱帮你再买头驴吧。"

耿汉夫妇自是感激涕零把他送出门来，但见院里那头驴，立刻像两只呆鹅，目瞪口呆说不出话来。

那驴倒像认得耿汉夫妇“呜哇呜哇”直脖叫唤，像遇到亲人般撒欢。

耿汉媳妇结结巴巴说：“好造化，这不是咱家丢的那头驴吗！”夫妇俩立刻扑了上去。

他十分惊奇走近细瞧那驴，确实不是自家的，耳朵短，尾巴长，牙口壮。那自家的驴呢？他顾不得与耿汉夫妇道别，一溜儿疾步到了自家门前，只见自家那驴仍在门前小杨树上拴着，晃动着尾巴，打着喷嚏，悠闲地低头吃草，车子还在驴屁股后面套着。

耿汉找了裁缝，镶金边走金线做了一面锦旗，上写八个大字：医世救人，起死回“牲”。

从此，柳神医，一夜扬名，传遍古城，生意甚是红火。

抢早

丁迎新

翠儿起床的时候，天还黑着，可外面已经忙得热火朝天了。

翠儿根本就没睡着，只是闭着眼睛想事，越想越多，越想越睡不着了。这是翠儿在家的最后一晚，以后再回来，就是娘家，是客人。就算是回来，也是稀少的了，从此，另外那个陌生的地方陌生的屋才是家。谁叫自己是女人呢？是女人，就得这样。

头天晚上，爸催了好几次，让翠儿早点歇着。其实，翠儿也没忙什么，只是看爸忙，看姐忙，看弟忙。都不让她插手。临到翠儿躺在了床上，爸敲门，然后推门进来，像是拿什么东西，可转了一圈，又空手出去。一会儿，又是如此。

翠儿心里面酸，自己这一走，谁替爸煮饭炒菜洗衣服呢？弟弟会一点，但在住校，一两个星期才回趟家。爸连个说话的人都没了。

翠儿一开门，姐就进来了，像是早就在等着，洗脸水、毛巾、牙刷牙膏，还有化妆箱都拿了进来。姐在镇上开了个不大的美容美发店，给新娘化妆是轻车熟路的活，不大一会，翠儿就换了个人，进门的弟弟瞪大了眼睛，大叫一声：“哇！我二姐太漂亮了，比明星还漂亮！”

大姐不乐意了，用余光刺了一下弟弟，说：“我不漂亮吗？”

弟弟鬼鬼地一笑，说：“也漂亮，但没二姐漂亮。”话刚说完，人已溜到了门外。

翠儿没笑，笑不出来，面对着镜子里的自己，仿佛看到的是别人，与自己没有丝毫关系的别人。心里空空的，像少了什么。

“爸呢？”一张嘴才知道，原来是没看到爸。

大姐摇了摇头，说：“我也没看到。估计是……”后面的话没说出来。妈生病去世的时候，三个人都还小，是爸累死累活，一把屎一把尿拉扯大。先是大的嫁了，现在轮到小的了，上高中的弟弟成绩不错，迟早得上大学，走出家门。爸是受不了告别的场面呢，大姐想。

接亲的车队来了，递烟倒茶，糕点摆上桌，帮忙的人闹着要喜烟喜糖。男方带队的人很主动，要的给，不要的也给，人人有份，还有红包。天才微微地亮，就催着动身。

当地有个风俗，姑娘出嫁得抢早，当天结婚的人里面，最早的那个将来最幸福。如果是遇在了路上，还会相互堵路和抢道，为的就是抢先。叔伯婶娘也在催了，大姐也在催，弟弟也催，可翠儿不急，屋里屋外地转，恨不得把旮旮旯旯都找上一遍，可就是看不到爸。

今天是个好日子，结婚的多。大姐急得上火了，不管三七二十一，把翠儿拽进了屋，红盖头往头上一旋，让弟弟蹲下身，就要背翠儿出门。大姐的日子过得别扭，两个人争争吵吵，三天两头闹离婚。大姐把原因归罪于当年出嫁时，没抢到早，在路上，还被另外一个娶亲队伍给阻了道。一想到这，大姐就气得慌，还怪罪爸。

翠儿人在弟弟背上，头还在向后扭，向两边瞅，透过盖头，找那个再熟悉不过的身影。直到弟弟走完了红地毯，翠儿坐进了汽车，还扒在车窗上四处找。在惊天动地的鞭炮声中，汽车开动了，离开了翠儿再熟悉不过的家。

翠儿满脸是泪，紧挨着的伴娘只好手不离纸巾，一张接一张地擦。小心地擦，不能花了妆。

车拐上公路，天已经蒙蒙亮了，能看清路上的车和人。

“咦！真好玩，这些老头老太当上警察了。”驾驶员的话，引起了伴娘的注意，向车窗外一看，还真是，马路两边隔不远就是一个，个个还戴着红袖标，把别的人和车拦到一边走，只让翠儿的迎亲车队畅通无阻地开。伴娘兴奋起来，让翠儿也看稀奇。翠儿漫不经心地向窗外一扫，这一扫之下，愣住了，她看到爸了。

戴着红袖标，站在老头老太当中，眼睛一眨不眨地盯着翠儿乘坐的婚车，目光随着婚车稳稳移动。尤其醒目的是，爸的手高高地举在空中，在僵硬地挥动，像粗糙突兀的旗杆。向婚车挥手，向翠儿挥手。

正是寒冬即将来临的时候，清早的霜，像薄薄的雪，覆盖在路两边的草丛和田野上，也覆盖在爸的头脸上。少许的黑发也白了，眉毛更是。

翠儿再也忍不住了，扯去盖头，打开车窗，嘶着嗓子喊出了声：

“爸！”

我有故事，你有酒吗

风中散步的叶子

我的人生大抵经历三个阶段，都和故事有关。

第一个是讲故事阶段。小时候，我特别羡慕那些走村串乡的说书人，每到夜晚，说书人一把扬琴，一副铜牙板，就把故事说得精彩绝伦，吸引得团团围坐的我们众星捧月一般顶礼膜拜。这大抵像我们现代的微信大号，人家已经不需要靠广告生存，仅靠内容就可以赚钱了。

想当年，曾经我也想靠讲故事成为达人。那是寒假开学第一天，我告诉我们班主任，我的寒假作业是写完了，但被家里喂的狗啃了，没法拿来交差。结果话没说完，就被老师赶出了教室。看，我的人生第一次讲故事就这样失败了。

第二个是卖故事阶段。这时我已经成年，心智有所提高，悟出了故事是可以增加一个人或者一项产品价值的。不只故事精彩的电影票房惊人，甚至个别人还能通过爆料自己的隐私小赚一笔。我是升斗小民，自然没有那么多狗血剧可爆。但由于我吸取了第一次讲故事失败的教训，基本上掌握了讲故事的真谛，想来卖故事还是不成问题的。

那天在上班路上，见到一咖啡馆外面的荧光屏上写着“你有故事，我有咖啡”，激动非常，终于找到地方了，想我满肚子的故事，无处可卖。就像空有十八般武艺，置身无人之地，无处发挥。当时脑子一热，推门而入。见桌上一杯咖啡，尚冒着热气。激动之余，端起来大饮三口，连呼痛快。待小二经过，扯住人家袖子，准备以一个动人心弦的故事聊作资费。谁知小二得知我意，一脸鄙夷，我店只要现金，不收故事。你喝的这杯咖啡，是刚刚离开那位先生喝剩的，不收费。

第三个是有故事阶段，即你就是故事本身。虽然我前两个阶段都不甚成功，但并没有妨碍我进入第三个阶段，可神了。讲故事、卖故事，尚需费些口舌，通过口述来证明，你自己就是故事何以证明？客官别急，且听我慢慢道来。这不，前些日放假回乡，遇到发小，感叹岁月如梭，发小连孙子都可以打酱油了。

我们都多了些沧桑，岁月真是把杀猪刀啊。一番寒暄，待我转身离开，就听发小俯身对孙子说，我讲的就是这小子，小学一年级上了三年。看，哥也是有故事的人了，还特励志。

故事还没完，最近小区附近新开了一家酒馆，特小资，广告牌上写着“你有故事，我有陈酒”，哎哟喂，故事不仅可以让我喝上免费的咖啡，还可以换酒了，这可是我等这些有故事之人的福音。时不我待，这就去小酌一杯。喂，老板，我有故事，你有酒吗？

会跳舞的玫瑰花

顾晓蕊

夜色迷离中，含香又走进长街的那家酒吧，穿过昏沉闪烁的灯光，坐到角落里看着他。近两个月来，她每天晚上都来这里，望着台上唱歌的男人，眼中飞出两朵蓝火焰。

跟以往不同的是，这天晚上，她怀中抱着一束玫瑰花。待他唱完这一曲，就走上前把花送给他。想到这里，她的脸竟有些微烫，似是被火焰灼红了脸。

初次来到这里，她带着一颗受伤的心，那时她刚刚失恋。恋人像是花丛中的蝶，从一朵花落到另一朵花上，羞愤，失望，她选择了转身离开。她原本是想以酒浇愁，却被他的歌声深深吸引。

他是这家酒吧的歌手，俊秀的脸上，挂着一抹淡淡的忧郁。那歌声如温柔的风，在她心中轻拂起微波。后来偶然间，从别人口中听到他的故事，她心中漾起别样的情愫。

那天，他捧着一簇火红的玫瑰，准备向相恋多年的女友求婚。两人相约在某个街角见面，他怀抱着花站在路边等候。女友微笑着向他跑来时，被一辆疾驰的汽车撞飞……幸而她被救回一条命，但却成了植物人。

出院后，女友被她的母亲接回家照料，而为了维持高昂的治疗费，他每天要外出打好几份工。他到酒吧唱歌也是为了多挣些钱，但每晚只唱两个小时，为了能陪伴女友，夜里十点他便往回走。

他每晚帮女友擦身、按摩，精心护理，一遍又一遍地跟她说话，期望有那么一天，她突然间醒来。这一晃十年过去了，她依然沉睡不醒。

女友的母亲是位淳朴善良的妇人，劝他道，你守着她这么多年，也算尽情意了，你再找个人吧，过好自己的日子。男人却摇了摇头，说再等等，她会好起来的。

含香听得湿了眼睛，心里怦然一动，这般深情且长情的男人，不正是自己苦苦追寻的吗？她觉得他们都曾被生活所伤，两人应当牵手同行，开始一段新的人生。

再来这儿听他唱歌时，她的眸子里荡着柔光。这天晚上，她决心送他一束红玫瑰，甚而暗暗期许，他能明白她的心意。

男人唱完歌走下台时，她鼓起勇气上前送花。他先是怔了一怔，继而抬起手来接过了花，温文有礼地冲她点了点头，然后，脚步匆促地朝外走去。她站在原地痴望着，他渐渐隐没在灯影中。

她好奇心顿起，忽地追了上去，悄悄地跟在他的身后，走出长街，拐进一个小胡同里。她躲到一棵树后，见他闪身进了屋。

屋子里面亮着灯，男人清瘦的身影，闪闪绰绰地映在窗户上。她正欲走开时，却惊奇地发现，他双手捧着玫瑰花，竟然跳起舞来。从窗子上面能清晰地看到，男人时而轻挪，时而旋转，像是轻拥着恋人一般，舞姿优美而又舒缓。

清柔如水的歌声传了出来，他在对着花儿唱歌，含香心头微微一震，想必男人是懂她的吧！若不然，他又怎么会与花共舞呢?

她有些慌乱，不由红了脸，心想，也许就在明天晚上，男人会向她坦露心事。那丝丝缕缕的花香，在她心里蔓延缠绕，她羞涩地转过头，轻笑着跑开了。

次日晚上，含香又来到酒吧，坐下，望着正在唱歌的男人。她觉得男人与以往不同，他的目光在人群中巡睃，最后落在她的脸上。四目交汇的瞬间，她能感觉到他的喜悦，那快乐简直要从眼中飞出来。

唱完歌后，男人踱着步子，微笑着径直朝她走过来。他伫立在她面前，眸子闪闪发亮，轻声说："谢谢你！"

她的心一阵狂跳，微眯起眼，身子略向前倾，等待着他的告白。甚而，想象着男人会给她一个拥抱，或是一个湿漉漉的吻。

他欣悦又兴奋地说："她——醒——了。"含香睁大眼睛，努力让纷乱的心静下来，一脸惊诧地问："你说谁？是谁醒了？"

他说："我的女朋友醒了，她昏睡了十年，终于醒过来了，还要谢谢你送的花。虽说她还需要时间，慢慢逐渐康复，但能醒过来，就已经很好了。"

原来那夜他捧着玫瑰花跳舞，唱着女友曾经最喜欢的歌，而这时奇特的事发生了，她缓缓地睁开眼，居然苏醒过来。

含香恍然明白了，而那一刻，她竟有些羡慕那个女人。她低垂下头，轻轻地说："哦，祝你们幸福！"而后，默默地飘然离去。

狐女

郭军平

杭州秀才成东本为官宦子弟，然父于不惑之年染重疾不治，驾鹤西去。自此家道中落，一蹶不振。

为重振家业，其母常谆谆告诫："远离那些狐朋狗友，酒囊饭袋，多与贤达俊才交往才是。尔父在世时，多劝汝勤习四书五经，多读圣人之书，以备朝廷选人。如今汝父仙逝，家道中落，世态炎凉，汝应当常念振兴为业，少干些斗鸡走狗之事。"

成东面对严母庭训，唯唯诺诺，已颇感家道失落之悲，深切人情冷暖之恨，遂萌生振兴家道之意。

自此，成东关门闭户，断绝一切交往，常于厢房昼夜苦读，以图功名。一日，读完书后，成东一人外出闲逛，忽闻近处有凄鸣哀痛之声，其鸣悲切，令人惨怛。

成东本想离去，然其声时远时近，袅袅娜娜，不绝如缕。成东不忍，遂循声寻觅。穿树林，拨草丛，终于一巨树下觅得一狐，但见其如狸猫大小，浑身赛雪，可爱至极，只因其后爪被铁夹死死卡住，动弹不得。

白狐目光凄迷，娇躯颤动，哀鸣不已，不断向成东示意求救。成东受圣人书熏陶，遂忙上前，轻拨草丛，将铁夹从其后爪取下。白狐顿感浑身轻松，一个激灵，蜷身收腿，叩首谢恩。

成东见白狐如此善解人意，忙捧手还礼。白狐露出凄迷目光，情意切切。忽人立，欲与成东相抱。成东迟疑好久，不敢接近。心中疑惑：此白狐如此机灵，究竟是人是狐？白狐见成东犹豫不决，心中大悲，一声长鸣，消失在林深之中。

成东遂郁郁寡欢，回到家中，捧读圣人之书，白昼之事已然抛之脑后。月尽，秋闱在即。成东遂在严母目送之下乘船前往应考。

时离考还有七日左右，成东便租住一旅店，白天外出逛市，了解当地风土人情；夜晚便捧书而读，时而喃喃自语。

夜深人静之际，成东辗转反侧，迟迟难以入眠，时而口中喃喃：“本次应考，定马到成功，不负先父高堂养育之恩。”时而心中愁闷：“此次开考胜算几何？谁知开考是何主题？”

不知不觉，成东迷迷糊糊，渐渐睡去。蒙蒙眬眬中，忽见一白衣俏丽女子袅袅走来，成东未及开口，只见其莞尔一笑，躬身作揖道：“承蒙哥哥厚恩，小女子得以保全性命，今日得知哥哥前来应考，故以此相助，以报哥哥救命之恩。”

成东越发迷糊不解，白衣女子遂告诉白狐即是自己。成东恍然大悟，遂想起一月前解救白狐一事。

成东当下客气道：“区区小事，何足挂齿！救人一命，胜造七级浮屠。小妹不必在意。”白衣女子遂掩笑不已，姿态极为妩媚。

成东无暇观赏女子，面露难色，女子问明情况，遂不再言笑，与成东谈论当下政事。成东听之，顿有解惑之感。

翌日，东方破晓，成东起床梳洗完毕，忽见书桌摆有一叠文稿。异之，遂打开文稿，只见文笔矫健，纵横捭阖，其论契合当今。

成东赞不绝口，口中诵读不已。正捧文诵读，忽手中文稿被人掠去，急回首，方见一白衣女子俏立于前，口中还吃吃娇笑。

成东见是那女子，急问：“贤妹如何无礼？扰人读文！”白衣女子遂双手撕去其文，曰：“此等杂文，虽曰痛快，然于科场实为大忌。愚妹久观科考之文，多是言人伦之治，贤兄可稍事歇息，我们清谈一番，可否？”

成东无奈，只能陪女子闲谈。但见女子高谈阔论，汪洋闳肆，胜读十年诗书，成东不禁感叹世间竟有这样的才女，遂直抒胸臆，相谈甚欢，觉如遇伯乐。

翌日开考，成东展试卷，科题竟如昨日所谈。但见成东汩汩滔滔，一气呵成，将昨日相谈之文思悉数答上。

走出科场，成东顿觉十分心胸舒畅，回到酒店，取了行李，一路顺风，乘船而归。

一月之后，放榜而出，成东名列榜首。乡邻闻之，俱来道贺。不久，成东即赴任应天履职。

在职之上，成东日夜叨念所遇女子，感谢其相助之情。一日梦中，忽见白衣女子现身，女子袅袅走来，深情款款，对成东道：“贤兄不必思念，愚妹乃一狐仙，自古人狐不可结亲，望贤兄勿念。妹助贤兄是念兄是良善之人，望谨记做官为民。”说完，便不见踪影。

梦醒，东深为悲切，并谨记女子之言，于应天明察暗访，励精图治，百姓拍手称快。

一日，成东于坊间巡察，觉腹中饥渴，遂进入一食肆，但见掌柜是一仙袂飘飘女子，成东猛觉恰与此前白衣女子十分相似，待那女子转过身来，成东惊叫道："如遇故人！"

答应

侯文秀

一出门，阿明就被一股热气包裹住了。他右肩挂着沉重的工具包，只好一边下楼一边用左手拨打顾客的电话。然后，他把手机揣好，骑着摩托轰隆隆出发了。

阿明是一个维修工，每天都有接不完的工单。

来到第一家，女主人开了门，刚化了半边妆的脸吓了阿明一跳。男主人在厨房里做饭，两个孩子在玩玩具。一家四口开始吃早饭的时候，网络调试好了。阿明好久都没有和老婆、孩子一起吃早饭了，更别说陪母亲。一大早，母亲打电话来，却只是叮嘱他别中暑了。突然间，他有些难受。他想，这样下去，自己大概快要成为一个机器人了。

这个小城，电梯公寓太少，大部分都是小高层。阿明爬了一楼又一楼，汗水却还是那一身。临近中午，他低头看了看时间，还好，能赶去看看母亲。这时候，却又接到一个电话。一个老太太说，她在家弄了大半天，电视就是放不起。

阿明说："我下午来。"

老太太的声音突然颤抖起来。她说："你要不来，这个晌午……"

阿明看了看天，白得晃眼。路上几乎没有车，行人也没有。树木无精打采地垂着头。他找到了老太太住的小区，爬上六楼。门没有锁。他推开门，正要脱鞋，听见老太太说："不用，不用，我一个人独住，不讲究的。"

老太太的声音，比电话里平和多了。

阿明心里的石头落了地。他只想尽快弄好电视去陪陪母亲。母亲也像这个老太太，一个人独住。

老太太在旁边说着什么，阿明一句也没有听进去。

说话声停了，老太太进厨房了。

电视终于调试好了，阿明长长地舒了一口气。

这时，老太太颤巍巍地端出一碗醪糟蛋，放在桌上。她说："孩子，来，吃了！"

"不，不用。"阿明摇着头，拎起了工具包。

"吃了吧，孩子……"

阿明听出来，老太太的声音又变了，变成了哭腔。

“这是公司的规定……”

“今天是我的生日。”老太太哽咽着，“可是，我的儿子不在……”

工具包从肩上滑了下去。

老太太的声音很快又平和下来。她说，上次阿明到隔壁来修电视时，她见过他。她说，阿明长得太像她的儿子了。她说，她今天故意弄乱电视线路，就想再看看阿明……

阿明吃了醪糟蛋，心里也被老太太的那些话弄乱了。他想问一问老太太的儿子，却不敢问。

这时候，阿明的手机又叫起来。他赶紧接了，喊了一声：“妈！”

他听见了一声答应。但是，他一时有些糊涂，不知这声答应是来自手机，还是来自身旁。顿时，泪水涌上了他的眼眶……

仓山

黄淑云

十九岁的青叶是美术学院大二学生，没课的时候青叶会去天桥底下给人画素描像。天桥底下摆了很多小摊，卖手机贴膜、毛绒玩具、鲜花水果一类。青叶的画架摆在一家卖草鞋的小摊边，卖草鞋的是个男孩，看上去跟青叶差不多大。男孩虽然卖草鞋，但从不叫卖，草鞋是他自己编的，他一边编一边卖，手指灵巧，一小时不到就编好一双。虽然男孩的草鞋编得别致，但是看的多买的少，一天卖不了几双。青叶跟男孩很少交谈，她只知道男孩叫仓山。

炎夏，天桥底下很凉快，除了摊贩，还聚集了很多老人和小孩。

青叶的脚后跟被新买的凉鞋磨出了一个大水泡，她脱了鞋，光着脚给人画像。这天画像的人很多，青叶一直忙到傍晚。她正准备收画架走的时候，仓山递过来一双草鞋，草鞋里编进了青色的丝线，显得十分精致秀气。

“给我的？”青叶把脚放进草鞋里，正好合适。

“你怎么知道我的码子？”青叶站起来走了几步，出奇地轻便舒适。

仓山红了脸。

青叶假装没看见，问：“这么好的鞋子，卖一百块都少了。”仓山的草鞋一双卖三十元，青叶从钱包里取出一张红色钞票。

“送你，不要钱。”仓山拒绝道。

“不要钱，我就不要了。”青叶坐回凳子上准备把鞋脱下来。

“你给我画幅画像好了。”仓山清亮的眼睛看着青叶。

天快黑了，天桥底下没有灯，人都走得差不多了。

“那我明天给你画。”

这天晚上下起了暴雨，雨断断续续地下了一个星期，天桥底下是低洼地，每逢下雨就积好深的水，没人会在雨天去天桥底下。

等到再下一个星期，学校期末考试，青叶整天泡在图书室备考。青叶看到脚上的草鞋的时候，心想，如果有仓山的电话就好了，可以打个电话先跟他解释一下。其实，她一向信守承诺的。

期末考试结束，已经是半个月之后了。

青叶背着画架去天桥。天桥底下还是老样子，卖手机贴膜、毛绒玩具、鲜花水果的都在，只是少了卖草鞋的仓山。

青叶向小摊贩打听仓山的去向。

“死了，都上新闻了！”卖手机贴膜的说。

青叶惊愕得说不出话来。

“下了一个礼拜的雨，这里水积得跟河塘一样，几个顽皮的小鬼在这里玩水，其中一个掉了进去，他正好来了就去救，小鬼是救起来了，他却死了！”

青叶还是不相信：“水积得再深，也不可能淹死大人啊！”

“他在水底下踩到了玻璃，脚受伤了，把小孩从水里举起来后就晕了，跌进了水里。等小鬼把人叫来的时候，人已经没得救了。”

卖手机贴膜的把手机给青叶看：“你看，就是这个新闻。”新闻图片里的人，正是仓山。

从新闻里青叶得知仓山是瑞金人，二十岁，还是个大学生，平常没课就来卖草鞋。

“都知道雨天这边摆不了摊，谁让他来呢！”

卖水果的老人说：“一来就遇着小孩落水，这呀，就是命！”

青叶看着脚上的草鞋，眼泪滴落，消失在飞扬的尘土里。心里有一个想法一直挥之不去：仓山是来等她的。这想法就像种子，种下之后就生根发芽了。

几天后，青叶站在了仓山家门口。古朴的村庄，瓦房门口坐着一个中年女人，女人在编草鞋，手法是青叶熟悉的。

“阿姨，我是仓山的同学。”青叶说。

听到仓山两个字，女人眼睛红了。女人看见了青叶脚上的草鞋，她看了鞋，又看青叶。

“这臭小子！”女人背过脸去。

老旧的屋子里堆了很多草鞋，女人给青叶倒了一碗水，又洗了两根黄瓜。

“阿姨，这么多草鞋都卖到哪里去？”

女人说：“哪里有人买，这都是我没事编着给自己家里人穿的。以前村里还有人买，现在连老人家都不肯穿这种鞋了。其实他们都不知道，穿草鞋好处多着哩！”

“阿姨，草鞋是有很多好处，但是现在的人生活条件好了，买的人少了。如果您编我脚上这样子的，保管很受欢迎。我有好几个同学都想买我脚上这种鞋。”

“这我可编不出来。”

“那您可以教我吗？”青叶看着女人的眼睛。

“你学这个干什么？”

青叶看着脚上的草鞋，不说话。

一个星期后，青叶学会了编草鞋。

两个星期后，青叶的草鞋已经编得很美观了。

一个月后，青叶编出了一双特别精巧的女鞋，比仓山给她编的那双还要精巧。

“姑娘，你该走了。”女人说。

“暑假还没完呢，过完暑假我再走。”青叶在纸上画草鞋的设计图。

“我知道你想陪陪我，已经够了，你有空再来吧，快回去看看你爸妈。”

“我爸妈这两天估计要到这里了。”青叶笑嘻嘻地说。

青叶是温州人，家里开一家鞋厂。如果不是青叶的那双草鞋太过精巧，她的爸爸不会专门来这么一趟。

几年后，在美术大赛拿了金奖的青叶被问到成功的秘诀。

青叶指着脚上的草鞋回答道："如果要说秘诀，那就是我脚上的草鞋。踩在这样的鞋子上，我深切地感受到无论是做什么，最重要的一点是不要忘记最初的来源——站在巨人的肩膀上确实可以让我们少走很多弯路，但同时也会让我们失去亲身体会人类最原始、最本源的东西。"

青叶的获奖作品是一幅画——一个年轻男孩正在编草鞋的画。

青叶给画取名为仓山。仓山，同时也是青叶创立的草鞋品牌名称。

大湖

蒋冬梅

鱼把头站在冰面上，一千年前这样站，一百年前也这样站。他是查干的一只鱼鹰，心里装着整个大湖。

有人看见夏季湖面曾搅起的巨浪，传说一条从未见过的大鱼和鱼叉对峙过。

人人都在期盼着大鱼，可今年冬捕的重头戏，师父决意不来了。

刚入冬，师父就带着另一队人马跑内蒙古了。他用不容置疑的语气，对鱼把头说："查干，就交给你啦！"这让把头想起，大鸟把小鸟喂养大，就离开了那片树林。

寒冷把天地和大湖冻在了一起，策马狂奔的队伍像刀剑割开北风，车马从切口里闯了进去。马的影子跑在冰里，马匹背对着光亮，把头也背对着光亮，哈气升腾起来，像蹿出的火苗。赶在太阳升起之前，人马齐备、大战在即。马嘶，狗吠，号角声里，把头像一个将，统领着一切。

把头趴在冰面上，寻找冰层里珍珠一样的气泡。他看不见鱼，但鱼的呼吸会暴露自己。

“鱼知水性，人知鱼性！你喘气儿鱼也喘气儿！”鱼把头想起了很多年前，师父趴在冰面上，寻找大鱼吐出的气泡。寒冷冻不僵男人的血性，师父的脸冻得皴裂流血了，他让把头朝脸上喷一口烧酒，使劲朝大湖喊一嗓子，就又朝冰面趴下了。

今年的冰层从未有过地奇异，鱼呼吸的气泡都被冰层深深地锁住了，透过冰面看到的尽是形状怪异的花纹，这些异象让人们对大鱼的出现更加想入非非。

供桌、敖包、鼓声、铃音，口口相传的经文在叩问，一千年前这样叩问，一百年前也这样叩问。

风吹得非常烈，把头的心有些乱了，可他不能让人看出他的乱！

师父带着把头上冰很多年了，每当冬捕遇到情况时，有师父在，把头的心就落了底。“公家把这个事儿交给咱，咱就得担得起！”年年冬捕，师父都说这句话。

冬捕前的那些天，师父天天带着把头到冰面上探冰。查干渔场多少口子人呢，一半的日子要指望着冬捕。一场冬捕在哪儿凿开冰洞，就像打井找水眼一样重要。他记得冬捕前的很多天，嗜酒的师父开始滴酒不沾，直等到选定冰眼，凿出湖水的那一刻，师父才拿出酒壶，狠狠地灌起来，他抓着酒壶的手都在剧烈地颤抖。

这一刻，把头的手也在颤抖。

冰面上是有山丘和低谷的。把头辨识着那些矮小的山丘，一脉水波拱起一座山丘，山丘下将喷发鱼的讯息。从前他拿不准水眼的位置时，师父总是说：“你一定得信自己，一半经验，一半信，才能找到鱼！”把头终于选定了一处冰层，坚定地砸下鱼铲，在冰花绽放里叩问大湖的安静。他钻木取火般凿开一眼泉，黑色的湖水涌出，像新鲜的血。

凿出的冰洞一字排开，四匹马拉着绞盘，拖动大网向湖中布阵。水冻成透明的玉，数尺之下能看见网在游。把头跟着网，像追着一只大鸟，大鸟张开翅膀，自由舒放，仿佛要揽过整个大湖。网入大湖纵横成田，鱼像秧苗布立其间，每个网眼只有四寸大，拦住大湖也放过大湖。

人、马匹、狗在冰上踢踏，纷乱着破晓的早晨。

几十号人在冰封的大湖上耕耘，索取在夏秋肥美起来的大鱼。太阳照在人头顶的时候，该起网了，鱼儿带着热气，被网裹挟着出水。把头抱着第一条出水的鱼，在镜头面前笑着。人们欢呼雀跃，将把头抬起，抛向空中。但把头知道，更多的人在翘首等待传说中的大鱼。

把头拎着一瓶烧酒钻进帐篷，像师父那样，两手颤抖着拧开酒瓶，狠狠地灌了下去。刚才在镜头前的笑容渐渐褪去，他没有把握捕到那条大鱼。

外面的锣鼓声、人声、歌舞声，一浪盖过一浪。把头知道，那些热闹不是自己的。他寂寞地坐在师父坐过的位置，咧开嘴，用牙齿又咬开一瓶酒的盖子。

他想起有一次，同样没有像人们盼望的那样，捕到大鱼。那时把头还年轻，有些垂头丧气的，师父递过来的酒他也没心思喝。

师父独自喝了几口，突然给他讲起了从前的事："十六岁那年，听人说黑龙江有大鱼，我们就从白洋淀往那奔。没想到半道上，火车让洪水拦下了，我们就在查干湖下了车。谁承想，一下车就在这停了一辈子！人都说一场洪水把我拦下了，其实是大湖把我拦下了。"

把头叹了口气："人人都稀罕大鱼，你捕了一辈子鱼，可谁知道大鱼在哪呢！"

"你记着，人，活不过湖！大鱼，一直都在湖里！"

那一刻，两人立在查干的湖心，像大鱼游弋在无边的湖水。

今年冬天不寒冷

蒋育亮

今年冬天，雪飘飘扬扬地洒。旮旯屯的山峦、田野、河流、村庄，一片银装素裹。

村上人说，已经十几年没见过下这样的雪了。

宁静中，有咯吱咯吱的踏雪声响起。沉闷，滞拖，却有力，还能让人听出些许欢悦。

“五爷，溜达啊！”传来招呼声。

“这雪，罕见呢！瑞雪兆丰年哦！”五爷应答的声音在雪地上蹦跶蹦跶地跳跃。

“五爷，不觉冷啊？”招呼声中溢出关切。

五爷搓搓冻红的双手，笑笑，一脸的暖和神态。

村人纳闷：五爷这是咋啦？

说起五爷，村上人都佩服得很。

十年前，张二婶家意外失火，一座木头房屋被烧了个精光。张二婶哭得死去活来，拉上儿子就要离村外出流浪。孤儿寡母的，想再建房子，那简直是登天摘月。

五爷站了出来。先是腾出自家半边房子，将孤儿寡母安顿好。之后，钻进自家林地，砍来木头，为张二婶重建房屋。一村人，硬是让五爷活活感动。出资的出资，献力的献力，不足两月，一座新屋就拔地而起。感动得张二婶拽着儿子，趴在地上硬生生地给五爷磕了三个响头。

还有，五年前，村长家跟张坨子争地界的事。明明是张坨子的地被村长占进了好几米，镇上来调解时，村上却无人出来作证。镇上来的人说，村长占理，那几米地，归村长。病魔缠身躺倒在床的五爷，一骨碌爬了起来，找到镇上来的人辩理，还拿出了当年分地时的证据，弄得镇上来的人无话可说，那几米地，最终还是回到了张坨子手里。村长后来与五爷一见面，两只牛眼就鼓鼓地喷火，足足烧了五爷好几个月。

这样的事例，五爷还有很多……

村上人依稀记得，五爷被查出患绝症的那一年是在村长家跟张坨子争地界的前一年。那年的冬天出奇地冷。雪，飘飘扬扬地洒。旮旯屯的山峦、田野、河流、村庄，一片银装素裹。

五爷从医院回到家，牙齿冷得碰出咔嚓咔嚓的声音。家人在五爷的屋子，烧上两盆旺旺的炭火，五爷仍觉寒冷，躺在床上盖着两层床厚的被子。

从此，村上人都知道五爷怕冷。

怕冷的五爷，一到冬天，几乎足不出户。

不出门的五爷，却不孤独。村上的人，自觉不自觉地轮番去陪他聊天。村里村外，天南海北，无所不聊。唯一不聊的是村长。

五爷几次问起，村民都顾左右而言他，避而不谈。

但五爷还是断断续续听到，村长如何霸道，上面有人如何罩着他……

几天前，旮旯屯突然来了几个陌生人。

他们直接去了村长家。不久，村长便被他们簇拥着离开了旮旯屯。

接着，便有消息传出，村长被县纪委的人带走了。同时被带走的还有镇上的一名副镇长，听说，他们串通一气，搞了村里很多钱。

……

雪飘飘扬扬地洒。旮旯屯的山峦、田野、河流、村庄，一片银装素裹。

五爷连续几天在村中溜达。咯吱咯吱的踏雪声不时在村中每个角落响起。

“五爷，不冷啊？”常有问候声飘来。

五爷笑笑，不语。望望满天飘洒的雪花，喃喃自语：“瑞雪兆丰年！”

村人纳闷，这五爷，啥时又不怕冷了啊？

几天后，伴随着满天飘洒的雪花，五爷去世了。

五爷最后留下的遗言让村上人都觉得奇怪。

五爷气若游丝地说：“今年冬天不冷呢！”

说毕，头一偏，去了！

若鱼图

揭方晓

若鱼极爱胭脂。虽生于小户人家，怎奈父母宠爱，不用干粗重之活，天天将胭脂涂于两腮之间，然后穿上青花瓷一般素雅的旗袍，在门口小巷青石板上，走过来，走过去；飘过来，飘过去。巷子里瞬间生动起来，鲜活起来。

小巷四季变幻，春红、夏雨、秋黄、冬雪，接踵而来，如一部沉默的旧电影，似一幅黑白的老照片。可不变的，是若鱼，是胭脂，是旗袍，是那生动、鲜活的情绪恣意张扬的一个个瞬间。

巷子里的人都说，有若鱼的小巷，才叫小巷。没若鱼的小巷，只是一堵长长的夹墙，没啥看头。

那一年，戴望舒的诗《雨巷》红遍大江南北，许多心中有诗的年轻人，一个个如痴如梦地爱上了江南的小巷。特别是春夏之交的雨季，凡是江南小巷，总是人来人往，诗意横生。

画家春菲也是这样。他背着画架，在雨季里徘徊于江南各地的小巷，从淮河两岸，到太湖南北；从大山之中，到滨海之侧，一路憧憬，一路失落。他觉得，像诗中丁香一样结着愁怨的姑娘，大概自己这一辈子都遇不到了，真是天不遂人意啊。

直到遇上若鱼。若鱼不似丁香，也没有愁怨，但春菲却在与她在这小巷迎面相撞的那一刻，被她深深吸引了。那一刻，去他的丁香，去他的愁怨，去他的雨巷。眼前人岂不正是天人！

“你……你好，我……我……我叫春菲！”春菲结结巴巴，却心花怒放。

若鱼“噗嗤”一笑，远远地跑开了。

春菲不甘心，一直守在这巷子里，不吃不喝，不休不止。

第二天，若鱼来了，两腮之间，胭脂红若隐若现，小碎花旗袍紧贴着身子，宛若天成。她远远地走来，一步一摇曳，一步一生姿。这回，若鱼没有逃，而是落落大方地介绍道：“你好，我是若鱼。”

“若鱼，若鱼，‘驿寄梅花，鱼传尺素’‘莲漏三声烛半条，杏花微鱼湿轻绡’‘寸书不寄，鱼浪空千里’‘乘风若渡巴陵水，莫为江鱼恋武昌’‘若非山水弦中见，那解游鱼听入神’‘何如濯足溪潭里，闲数游鱼踏白沙’……”听闻眼前这美女名叫“若鱼”，春菲心里万千这样与鱼相关的优美诗句喷涌而出。

若鱼见他呆呆自语，以为嫌弃自己，一时气恼，侧身而过。就在她将将侧身而过时，春菲开口道：“我为你画幅画，可好？”

若鱼自是欢喜，她想看看自己在这年轻画家眼里，到底是个什么模样。于是，若鱼倚在小巷最消瘦的墙角，在斑驳的阳光里，微微仰着头，看着“一线天”似的天空，数着过往的飞鸟之影，听着悠远的金蝉之鸣，大半天一动不动。

春菲按捺住萌动的心，紧握画笔，略一沉思，倏地笔似烟雨、意如微水。画笔兔起鹘落间，不几下，画纸之上，已然越来越有生机，越来越有春意，越来越有活力，越来越有意境。

画堪堪而成，若鱼急不可耐地跑过去看，嘀，一时呆住了。画中的自己，竟然这般美不胜收。可以说，不是烟花，胜似烟花冷艳；不是玫瑰，胜似玫瑰热烈；不是碧海，胜似碧海澄净；不是晴空，胜似晴空纯洁。而两腮之间淡淡的胭脂红，更是为这画，不，为这画中的自己增色不少。在它的映衬与渲染下，花朵为她失色，诗词为她销魂，古往今来的迁客骚人，定当为她不离不弃。

春菲见若鱼喜欢，踌躇片刻，毅然将这画塞与若鱼怀里，转身逃得远远的，滨海、大山、太湖、淮河，瞬间如倒影般飞逝，一切回到起点，一切回归终途。

“若不逃，则无法自拔。”这是事后，春菲带着浓浓的遗憾，再三对朋友做的解释。而若不是这幅画在，若鱼都怀疑春菲是否来过，怀疑是否有过这场注定没有结果，却让人久久回味的邂逅。

转眼百十年过去了，小巷“若鱼馆”成为周边百十来里著名的书画展览馆，历代名家圣手的书画作品在这里展出，吸引了无数游客前来欣赏。可是，据导游若水介绍，这里最受游客欢迎的，不是这些名家圣手的书画作品，而是一幅没有署名的《若鱼图》。

“画中，民国美女两腮之间的胭脂红，让人惊魂呢！”若水这样向她带的游客介绍道。

有游客笑着说：“若水，你两腮之间，胭脂红也惊魂哈。”

若水心神激荡，腮间分明泛起一抹胭脂红。

隐衷

赖海石

我和郑孝文，读初中时是最要好的同学，三十年没有联系了。今年春节期间，有人提议搞了个同学会，我们才又见上了一面。在同学会上，郑孝文一眼就认出了我，热情地叫着我的名字。倒是我，呆愣了近半分钟，才叫出他的名字："孝文。"然后我们哈哈大笑。

我们那时都在乡上读初中，我和孝文来自不同的山村，我家在离学校二十多里的大山里，他家在离学校三十多里的另一座大山里，我们都住校，自己带米、菜、生活用品。我和孝文共一张床，一起打洗澡水，一起吃饭。我和孝文的成绩旗鼓相当，有时我第一，有时他第一。中考时，我报的是师范，师范毕业出来是公办教师，算跳出了农门，是农村孩子的首选。孝文的父母都在他们村小学当民办教师，眼光较高，要孝文读高中，考大学。初中毕业后，我去地区师范学校读书，孝文去离乡上二百多里的县城高中读书，我们就没有联系过了。

“我嘛，很顺利，也很平淡。”孝文说，“你知道的，我父母要求我读大学，做学问。我高中毕业后考上了昌南大学，毕业后留校任教至今。”

“那你现在是教授了？”我羡慕道。

孝文打着哈哈：“什么时候到省城玩，一定要来找我。”

“一定，一定。”我们互相留了联系方式。

一个月后，我去省城参加文学创作交流会，有半天空闲时间，想起孝文就在不远处，我便想去找他，顺便熏染一下高等学府的文气。

为了给他一个惊喜，我没有事先打电话给他，可是当我向昌南大学的门卫打听郑孝文时，门卫很明确地告诉我，他们学校的教职工名单中，从来没有叫郑孝文的人。

难道是我记错了？我拿出手机，正要拨打电话询问，猛然发现校门外西南角有个摆摊卖烧饼的，背影看起来有点像孝文。我心里猛然一颤，难道……我赶紧逃离了校门口。

为了证明我的猜想，我远远躲在一个能看见卖烧饼男但他看不见我的角落，拨通了孝文的电话。果然，卖烧饼男拿着电话接听，我说：“孝文，是你吗？在忙啥？”孝文说：“在备课呢。”我说：“我来省城了，就在你学校门口。”卖烧饼男果然四处张望。我赶紧打哈哈：“逗你玩呢，我哪有时间去省城，就是想你了，想打电话跟你聊聊。”后面的谈话，孝文哦哦着，语气极不自然。

晚上，我在酒店里正想看会儿书，有人敲门。我打开一看，竟是孝文。我愕然：“你怎么知道我在这里？”他说：“我看到了文学创作交流会的有关信息，知道你确实来了。我想你下午也真的看到我了，碍于面子才没有跟我见面吧？”

我说：“我确实看到你了，是怎么回事，你怎么会在那里摆摊？”

他说：“说来话长。”

原来，孝文读高三时，迷恋上了写作，写诗、散文、小说，想当个作家。这严重影响了他的成绩。后来被父母发现。父母严厉批评了他。孝文也意识到了自己的问题，但高考在即，此时再怎么努力都回天乏术了。孝文考得很惨，他知道这对父母的打击是致命的。此时正是改革开放初期，南方传来各种令人振奋的消息，孝文决定出去闯一闯，成功后再跟父母说明实情。幸好他们住在交通不便、信息闭塞的大山里，他便伪造了昌南大学的录取通知书，瞒过了父母，说是去读大学，其实是在外打工。后来又编了毕业留校任教的谎言。虽然他钱赚了不少，出门有车，省城有房，又在乡上盖了一栋漂亮房子，把父母从大山接到乡上生活了。但他从事的工作却是父母所不齿的，所以一直不敢跟父母道出实情。

听了孝文的经历，我安慰他说："北大学子卖肉，已不是什么丢人的事。你不妨跟父母道出实情，也许他们会转变观念的。"

孝文摇摇头："他们都是那么老的人了，还有几年活头？转变他们的观念，有意义吗？他们一直以我这个当大学教师的儿子为荣，我想在这种情况下，让他们高兴比告诉他们真相更重要。我的职业只有你一人知道，千万不要对别人讲。"

几天后，孝文的父母接过我和孝文一起在昌南大学门口照的相片，笑得合不拢嘴。

无名的咳嗽声

李丹崖

说这话，应该是二十世纪九十年代的事情了，那时候，还没有高铁，甚至很多地方还没有通铁路，汽车客运成了那个时代的王者。但凡是五百公里以内的事情，很多人选择坐汽车。汽车分为两种，短途的一般是中巴，长途的大都是卧铺。中巴还好，卧铺就复杂多了，狭窄拥挤的空间内，不可避免会有一些汗味、臭脚味、狐臭味……另有各种声音，呼噜声、唠嗑声、吃东西的声音……

那个时候，长途汽车司机是绝对的强势群体，客运站卖的汽车票多半没有位置，司机有权利给你分配汽车上的任意位置，他们选择所谓“服务区”的自主权也很强，一般情况下，他们说是停在哪家饭店跟前，饭店老板多会谄媚地走出来，把最好的包厢留给司机，司机吃饭是不收钱的，还会在菜品上被特殊照顾。乘客则只能草草应付一些寡淡的盒饭，泡一些方便面，总之是有啥吃啥，甚至有时候不吃还不行。

表姐在那个年代自己一个人坐客车到杭州去采买一些服装，然后回到我们家临近的镇子上去卖。表姐长得漂亮，眼睛大大的，皮肤白白的，属于那种第一眼美女。很多人都认为，表姐一个人做生意不容易，常常往返在安徽与浙江，是汽车大巴的常客，多少会有一些危险。

表姐说，有一次去杭州，偏逢个冬日，且落了雨，她坐了个卧铺。司机是个迷信的人，刚坐上车，就要求大家在车上尽可能别说话，甚至是不要发出声音。空气异常凝滞。表姐分到了一个靠窗的位置睡下，外围是一个男的，五十岁左右，胡子拉碴，眼睛小小的，眼睛不停地打量表姐。

表姐并没有完全睡沉，她侧着身子朝着窗户的方向，望着窗外的雨，越下越紧，似乎有了雨夹雪的意思。表姐正担心什么时候能到杭州的时候，背后，一只手伸到了她的毯子底下。表姐一愣，意识到是身后那个男人，表姐猛地扭身，没错，正是那个猥琐男。四目相对，那男子并无退却的意思，还拿出了个明晃晃的刀子，寒光一闪，表姐怕了，赶紧裹紧了毯子，继续面朝窗外。

可是，身后那只手再次伸了上来，还不停地拽着表姐身上的毯子。表姐的心跳得厉害，眼看着毯子就要被拽开的时候，一阵猛烈的咳嗽声在后座响起。司机大发雷霆，赶紧朝着咳嗽声的位置走过来，质问：“谁，不能忍着点！这趟路，雨雪交加，我们要格外小心，前面就要过江，你们别发出声音。”

这真是个迷信的司机。但是，表姐暗暗庆幸，因为司机一来，她身后的那只手停住了。

然而，就在司机刚刚回到前面位置五分钟左右，表姐身后的那双手又不依不饶地探了过来，表姐拼命地裹着毯子，那双手拼命地拉拽着，紧接着，一只刀子贴到了表姐的脖子上，表姐眼泪瞬间出来了。

啊咳咳咳，啊咳咳咳……咳嗽声再起，那感觉，似乎要把肺都要咳出来。

司机不耐烦地骂骂咧咧走过来：“不是让你克制吗？怎么回事，再咳你就下车，反正外面正在下着冰粒子，你出去试试。”

那人是个六十多岁的老人，不停地解释说：“我年纪大了，有些哮喘，空气稍有不新鲜，就咳嗽，其实，我需要一个靠窗的位置。”

“没有！都睡得好好的，谁能给你换？！”司机大声呵道。

“我跟这位大爷换换吧，看他咳得也挺厉害的，我靠近窗子，稍稍把窗子闪出来一厘米的空隙，这大爷就不咳嗽了，大家也都睡安稳了。”表姐赶紧说道。

“唉，好吧好吧，真是晦气，你们赶紧换，别等到过了江。”司机催促道。

表姐赶紧与老人换了位置，擦肩的瞬间，表姐小声对老人说“谢谢”，老人则大声说：“谢谢你，闺女，好心人呐！”

表姐总算逃脱了魔掌，老人也不咳嗽了。

天色欲晓时，汽车进了一家餐馆。表姐赶紧跑去了厕所，生怕再遇见那个色魔。就在表姐进到厕所“避难”的时候，听到隔壁男厕所“当啷”一声，似乎有刀子或匕首之类的东西掉落下来，紧接着，哎哟哎哟的呻吟声，一个声音警告道：“你再不老实，欺负那女孩，别看老子年龄大了，照样废了你……”

“我，不敢了……”有躯体着地的声音传来，依稀像是磕头。

表姐的眼泪簌簌地落下来，滚烫滚烫……

表姐说，她自始至终不知道那个帮她的老人叫什么名字，也不好问，但是，她说，只要她再听到那个咳嗽声，定能第一时间认出来，因为那是救命的咳嗽声呀！

残弓

李海燕

爹躺在炕上，一床软塌塌的蓝花被子盖着爹瘦骨嶙峋的身体。

窗外的阳光铺满半截被子。

爹的眼睛盯着炕梢上方的房梁，好长时间没眨动一下。

房梁上吊着一张棉花弓。

看不出原色的弓，已残，一端少了三寸，弓弦拴在断处一寸的地方。弓还像虾米一样弓着，上面扯着几张蜘蛛网。

看着看着，爹的眼里就淌出泪来。

娘在菜园里拔下一棵红萝卜，正坐在前门口，择着青绿色的萝卜缨子。娘爱吃萝卜条炖豆腐。爹也爱吃。

娘没看见爹流眼泪。

等娘回到屋子里，看见爹的眼睛盯着那张弓看，眼神痴痴的。娘叹了一口气说："咱晌午吃萝卜条炖豆腐。"

娘说这句话的时候，看着爹。爹光顾着看那张弓，好像没听见她说话。

娘又叹了口气，坐在爹的身边。

"咱晌午吃萝卜条炖豆腐。"娘又说了一遍，爹才把目光从那张弓上撤回来，娘就看见了爹眼里的泪水。娘有些惊慌："咋还哭了？"

爹望着娘的眼睛，突然眼泪多了起来，眼泪顺着爹眼角散开的鱼尾一样的纹路，滴落在枕头上。娘更慌了，急忙从头顶上的铁线上扯下一条毛巾，给爹擦眼泪："好好的哭个啥？"

爹已经瘫了四年零八个月。

出事那天，爹在房顶上翻晒棉花。那时候种棉花的人家已经不多，但爹和娘每年都坚持种两亩地棉花。

爹一米八的个子，面对一地白花花的棉花，爹强硬的腰杆会柔软地弯下去，一朵一朵地把洁白的棉花朵摘下来，放进身前缀着的大大的围兜里。围兜里鼓鼓囊囊揣满棉花时，爹像个孕妇一样。爹走起路来，感觉身子跟棉花一样轻飘飘的。

那天，整个房顶像铺着一层白云朵，阳光落在上面都变成白的了。爹没穿鞋子，光着脚踩在洁白的棉花上。爹有些沉醉。爹看到棉花就会沉醉。沉醉中的爹，忘乎所以地在棉花上走来走去，忘了时间，忘了看天，直到娘在下面喊爹："北边要来雨了。"爹才如梦初醒，抬头看北边的天。一块乌黑的云彩正快速地向这边游过来，爹手脚并用地往一起划拉棉花。

娘也爬上房，两个人手忙脚乱的，终于把棉花归拢在几条麻袋里，雨也下来了。爹在上面往地上扔棉花袋子，娘在下面，往屋子里拖。最后一袋棉花下了房，秋后的冷雨已把爹浑身淋湿，也把梯子浇得水淋淋的。爹在下梯子时，一个哧溜滑，从梯子上摔了下来，伤了中枢神经，爹瘫了。爹除了眼睛会动，其他的部位像被一把锁头锁住了，那把钥匙放在爹的身体里，任谁都拿不到。

娘见爹看棉花弓的眼神，知道爹又想起了那些弹棉花的岁月。

那时候爹是远近闻名的弹花匠人，十里八村每家每户被子里的棉花几乎都出自爹的手。

爹推着一辆架子车，车里装着那张弓和一个木头槌。爹不喊，进了村只需敲几下弓，就有了生意。做了第一家，第二家就来约了，爹就会扎在那个村子里一个月，或者更长时间。

走进一户人家，主人把生棉铺在炕上，爹用两根绳子把弓悬在房梁上。爹左手握着弓的把手，右手拿起木头槌，举起槌的那一刻，有一种仪式感从爹的心头升腾而出，爹的脸变得庄重而生动。爹运一口气，砸下去第一槌，弹性十足的弓弦弹蹦起来，发出“嘭”的一声。

五尺长的弓弦，爹要砸四下，同时从左至右在摊开的棉花上移动弓弦，“嘭”“嘭”“嘭”“嘭”——最后一槌，弦音陡然向高音区划入，拖着长长的余响，在屋子中冲撞着，然后缓缓地回落。炕上的棉花随着弓弦的振动，荡起细微的白色绒毛，四下飘散开来。

无数个回合下来，炕上的棉花变得细腻，蓬软，像白云一样不见一丝杂质，平展展地铺在炕上，棉花籽都给甩到了右边的角落里。爹放下弓，主人上来把棉花卷起来，然后再拖来一袋生棉，重新铺好。

爹在外面弹棉花的日子，中午、晚上两顿饭在干活的人家吃。中饭爹不喝酒，晚饭却定要二两小烧的。爹酒量不大，二两小烧就会让爹兴奋起来，算工钱的时候，爹也不认真，少个三毛五毛的，爹手一挥：

“还有明年呢！”明年爹自然不会提起。

娘看着爹，眼里也有了泪，曾经多强壮的一条汉子啊！

后来，有了蚕丝，有了羽绒棉，种棉的人家渐渐地少了，爹的手艺也渐渐地无人再问津。爹每年还坚持种两亩地的棉花，到了冬闲时，选一个晴好的天气，爹就在自家的炕上弹棉花，娘给爹打下手，弹棉花的程序绝不混乱。

娘在炕上铺棉花，爹把弓用绳子悬在房梁上，爹左手握紧弓的把手，右手拿槌，在举起木槌的那一刻，一种仪式感油然而生，爹的脸变得庄重而生动。爹的第一槌敲下去，炕上的棉花便随弓弦的振动而荡起细微的白色绒毛，四下飘散开来。

娘看着爹，嘴角抿出笑意来。

最后一次弹棉花，只差最后一槌就完工了，不知为啥爹的最后一槌却砸偏了，弓残了，爹愣住了。娘说：“扔了吧。”爹一声没吭，把残弓悬在了炕梢上方的房梁上。

爹还是痴痴地看着那张棉花弓。娘说：“是不是想摸摸？”爹的眼里就涌出万般的柔情来。娘搬来一个板凳上了炕。费了很大劲儿才把那张弓从绳索上解了下来。

娘把爹的两只手放在弓上。爹的两只手搭在弓背上，微闭双眼，一动不动地“抚摸”着那张弓。

娘把豆腐炖好，端进屋子里。爹眼睛微闭，抱着残弓，似乎睡着了。

娘放下豆腐碗，坐在爹的身边。娘看一会儿爹，又去看天。东南方的天边，一朵棉花一样白的云朵，向西边慢慢游去。娘的眼泪像雨珠子一样滚落下来。

尉大夫

李军民

风城城郊尉家村尉大夫，十里八乡赫赫有名，不仅头疼脑热常见病症手到病除，连一些疑难杂症都不在话下。

据说这尉大夫少年时曾随亲戚在北京同仁堂当过伙计，虽然没有得到过真传，但记性好，悟性高，爱琢磨，打工间隙，也偷偷学得一二。成年以后回到村里，娶妻生子，开了诊所，对各色人等一视同仁。不过几年工夫，便风生水起，名扬四海，不仅本村邻村人登门求诊，连风城城里的人也慕名而来。

某日，尉大夫正在诊所给人瞧病，听来看病的人说，村口躺着一个蓬头垢面的老叫花子，袒胸露背，流脓滴水，蝇虫叮咬，奇臭无比。人们远远地围观，不知是何病症，无人敢上前去。

尉大夫一边给人看病，一边支使伙计去村口，求村人帮忙，把老叫花子抬来瞧瞧。

不一会儿，好心的村人用木板把老叫花子抬到了诊所。

尉大夫也不管不顾老叫花子身上散发出的奇臭，细细在病床前查看病情。然后安排伙计，用刀把腐肉剜去，用烙铁进行消毒，他亲自打针敷药，并开了几服外用药和内服药，让伙计把老叫花子安排在一个单人的病房，给他一些饭菜吃食，慢慢调养。

当晚，尉大夫吃过晚饭，前去察看，结果扑了一个空，老叫花子和桌子上的几服药都不翼而飞。问伙计和家人，皆不知去向，便不再理会。

月余，尉大夫在诊所给人瞧病，只听得院外敲锣打鼓，热闹非凡。正纳闷间，伙计进来通报：龙城城郊武家村的大户武财主坐着高头大马，带领一干人马，肩挑手提贵重礼物，抬着一个写着“华佗再世”的大牌匾，上尉大夫家来了。

一听龙城武家村武财主这个名字，尉大夫不禁皱起了眉头。原来，尉大夫祖上曾和武财主祖上一块联合做过豆腐生意，后来武财主祖上背信弃义，把挣来的钱全卷走不说，还把做豆腐的家伙什统统砸个稀巴烂。后来尉家和武家就结下了世仇，老死不相往来。

到尉大夫已经是两三代的事了。

武财主下马，在大门外连连高喊："龙城武家村武财主感谢尉大夫救命之恩！"

尉大夫无奈走出院门，只见全村老小倾巢出动，和武财主一干人马，把尉家围了个水泄不通。

尉大夫向衣着光鲜、红光满面的武财主作揖还礼，不冷不热地说道："鄙人何时于你有救命之恩？"

武财主谦恭地走到尉大夫面前，一五一十地把自己如何得背疮，四处求医无果，无奈之下，伪装成叫花子，让家人送至尉家村，得到尉大夫救治，前因后果一一道来。

两地不过三十里地，武财主当时病得脱了相，又经过刻意伪装，谁都没有想到那个又老又瘦又丑又臭的老叫花子竟是武财主。

尉大夫微微一笑，说道："幸亏你伪装得好，如果当时你高头大马、八抬大轿来找我看病，说不准我还真不给你诊治。"

武财主再三恳求尉大夫一定要把礼物和牌匾收下。

尉大夫说："我看的是老叫花子的病，怎能收老财主的东西？况且，我们两家的恩怨世人皆知，好了伤疤忘不了疼，你把你的东西都拿走吧，我们尉家也不欢迎你这样的客人。”

尉家村人纷纷拍手为尉大夫叫好，敬仰他的为人，叹服他的气节。

正当人们连哄带吓，连推带搡，赶武财主一干人走时，尉大夫突然喊了一声：“慢着！”

只见尉大夫走到一大堆礼物跟前，从一个敞开着的匣子里抓起五块银元，说道：“我与你有仇，可是我与钱无仇啊！”拿着银元走进自家院子。

众人面面相觑，仿佛被戏弄了一般，作鸟兽散了。

武财主脸上也露出了鄙夷的神情，跨上大马，带领随从，趾高气扬地走了。

很快，尉家村边的汾河支流上修建起了一个很大的水磨坊，村里人终于晓得尉大夫的真实用意了，对他的崇敬之情又额外增添了几分。

三十里外的武财主得意了很长时间，以为尉大夫不过徒有虚名罢了，还为自己先祖与这样的人的先祖决裂而开脱释怀。可当他得知尉大夫用那五块银元为尉家村建起了一座能磨粮食的水磨坊，尤其是他终于得知自己的先祖当时卷走的就是尉大夫的先祖准备为村人修建水磨坊的钱款时，竟浑身战栗，轰然倒下，自此一病不起。

我要去北京

李全

“我要去北京。”民工张二狗又一次凑在我面前说这句，表情与以前没两样。

我对他说：“你想去就去吧，又何必在我面前唠唠叨叨呢？”这是张二狗第N次对我说这句话。但他每一次说完后，又唉声叹气。他说他儿子才刚上小学，实在是走不开。张二狗说的是实情，早上要送孩子去学校，下午放学还得去接回来。况且，从我们这座小城去趟北京十分不易，首先得去省城坐两天两夜的绿皮火车。单不说车费那么高，就是那来回的时间就要四天，这当然算的是坐火车的时间，还没算坐汽车的时间。如果把这四天都用来打工，每天可以赚几十块钱，四天就是好几百。张二狗在北京又没亲没故，去了也纯粹是玩。如此算来，去一趟北京，他的几个月工资就没了。这对于一个每月不足两千块工资的民工来说的确不划算，还有他儿子读书的费用虽不多，却比本地学生多了一份借读费。

但张二狗仍然不死心，待他孩子上初中，又一次对我说，他要去北京。我有些好奇，问他去北京干什么，为什么会有这个想法。张二狗只是嘿嘿一笑，没回答我。这更引起我的好奇。虽然北京是首都，但路太堵。我每次去北京堵在路上的时间比玩的时间多。所以，我一直喜欢我所在的小城市。城市虽然不大，但交通不堵，四季还分明。

这一年，张二狗的儿子上高三了，我所在的小城也有了直通北京的高铁。张二狗显得十分兴奋，又在我面前说他要去北京。我十分怀疑地看了他一眼，自然不相信他会真去北京。因为他说他要去北京这事，已有好些年头了，却从没有实现过。

“北京是你想去就能去的吗？那是首都。”我想打消他的积极性，说，“去北京要花很多钱的。你儿子正在读高三，马上就要考大学了，你舍得离开他？”

我说的是实话。虽然现在张二狗的工钱涨了，每天出工能挣到二百多块钱，但也不是天天会有活干的。况且他儿子的成绩不是太理想，他咬紧牙，替儿子请了补课老师。加上他老婆刚从医院里出来，这一年挣的钱已经提前打“水漂”了。

“高铁通北京了，我就想试试乘坐高铁到北京是啥滋味。”张二狗说这话，情绪特激动，还掏出香烟来猛吸了几口，直到不停地咳嗽起来，才扔下烟蒂，最后见我不说话，很不情愿地走开了。没走几步，他又回过头对我说：“我这次说的是真的。”

“那你就去吧。”我想让张二狗快点离开我的房间。其实，他去不去北京，真的与我无关。再说我已经去过无数次北京了，没有新鲜感了。

三天后，张二狗又一次来到我的房间里，掏出一包好香烟放在桌上，说：“这是北京货，专门给你带回来的。”

我问：“你去过北京啦？”

“那还有假？”张二狗说这话时，脸上有些僵硬的笑容。

“你就别骗我了。昨天前天，我都去过你们工地，与你们那里的老板谈合同的事。我看到你在那里干活呢。”我说的是实话。

“你……你真去了我们工地？”张二狗说着，突然站了起来，拿起桌上的那包香烟头也不回地走出我家。

我苦笑着，这张二狗真逗。但我一会儿就明白了他撒谎说去过北京的原因。

因为我的话，张二狗有好些日子都没来我家里玩，见了我也躲得远远的。我才想明白自己伤了一个民工的心，有些过意不去。在他儿子去上大学那天，我特地封了个大红包托人送了过去，算是表达我对他的歉意吧。只要他儿子大学毕业后有了工作，他的压力减轻了，那时他一定会有时间和精力，或者说有经济能力去北京了。

四年后的一个早上，我突然接到一个陌生的电话，竟然是多年未联系的张二狗打来的。他说他正在北京天安门前看升旗。还说，他刚刚拍了升旗的视频，已经传给我了。又说，他下一站是八达岭，到时候再拍些照片传给我。

我想对他说些什么，可话刚到嘴边，又咽了回去，静静地听他没完没了地说北京的那些事儿，却耽误了我看升旗，只好看他传过来的视频：在天安门前看升旗，确实是一件特惬意的事，特别是夏天的天安门，真美！

看完视频，才发现因自己握手机的时间太长，手冻得有些麻了，赶紧对着手哈了一口热气。

一块价值连城的翡翠

李佑伦

千年的原始森林连绵数千里，古木参天，荆棘布道，偶尔的狼嚎猿啼给人阴森森的感觉。

张郎执枪佩刀，带着干粮，在森林里日复一日地穿行。

入林的第五天，张郎就见到了一副白森森的人骨，张郎有些迟疑，怎样遇害的呢？旁边有刀也有枪，而且从刀的重量来估，其人也是个习武之人，狼？虎？或狮？张郎不得究竟，自顾上路，一路提醒自己要更加小心才是。

偏偏不几天，张郎又遇白骨，还是人体，而且是两具。从过医的张郎蹲下身细细察看，两具骨骼都是男人，还留着拼命搏斗过的痕迹。张郎就更觉得奇怪了，什么深仇大恨让人追到这渺无人烟的地方动了杀心？功与名，财与利？

继续前行。

怪事再度发生。这天，张郎刚吃完一只烤熟的山雀，正准备起身上路，前面不远处的地方一团蓝光炫着他的眼。张郎揉揉眼睛再看，绿油油的，张郎抑制不住自己的兴奋，立马想到老人家常说的天然翡翠。

张郎一步一停地上前，他怕是什么特大动物的眼睛，近了，果然是两人合抱大的玉石，而且玉石下面还有一个人，用绳缚着，看衣服和肉体颜色，刚死去才不久的样子。

张郎在旁边捡一块石头，使劲往自己认为是翡翠的玉石上砸，玉石丝毫没损，凑近看，暗纹都没一丝，再凑近些看，整块石头里一点气泡也找不着。张郎兴奋得快要窒息，确认这是上等的翡翠。张郎眯上眼，感觉华室在招手，山珍野味已压桌，骑马坐辔，穿金戴银，妻妾成群，成为郡主富甲一方。

张郎睁开眼，将死者身上的荆条解下，将玉石系往自己身上。好沉啊，但背上是一座城池，越重城越大，再重也心甘。

脚起泡背流血，张郎感到体力不支，准备歇下进食时，张郎听到有人的声音朝他这边传来，立马用树枝和深草将玉做了掩饰，自己也藏在蔽处，两手紧紧握住枪。

声音近了，更近了，看得明白，是人。张郎的心一软，刚放下枪，突觉玉石易主、华室崩塌、妻妾逃逸、丰餐消隐，于是一咬牙，重新端起枪。

就在食指穿进扳机孔的一瞬间，张郎明白了前面遇到的三具白骨到底是怎么回事了，第一具会武功的人是背着这玉累死的，第二具和第三具是为争抢这玉而搏死的，第四具也是累死的……

张郎放下枪，打了个哈哈，从草丛里走出来，亲切地说："乡亲——恭喜你啊——"

张郎说："路遇横财，见者有份哟。"张郎把藏好的翡翠指给对方看。

对方姓李，李郎说："张兄，你先见，归你。"

三说两说，两人就抱成了一团，割指为血，插枝为香，结为兄弟。

砍一棵拳头粗的树，两人抬着玉石在森林里穿行。

行途中，张郎病了，两人就歇下来，李郎去找草药，打野禽诚心诚意地伺候着张郎；李郎病了，张郎就去找草药，打野禽诚心诚意地伺候李郎。

日复一日缓慢穿行，经历七七四十九天的磨难，两人终于走出了千年的原始森林来到村庄。

“哇——啧啧——”

村人的眼睛个个像灯泡，惊羡、狡诡还有贪婪……

一位见多识广的老人绕石走了三圈，环视众人，掷地有声地宣布：一块价值连城的翡翠。

玉石旁边高出众人一个头的族长捋捋将垂至前胸的白胡子，歪头看了眼李郎，再歪头看了眼张郎，更为高声地说：“不，是两颗——”

错刀

梁重懋

那块和田玉在懒龙的手上把玩了三年，终于，他选择了一个春雨绵绵的清晨开刀了。一开刀，不得了，小刀剔玉，那个揉啊，那个搓啊，那个捻粉，那个挑刺，足足一年，终于把石头雕成了“牧童玉笛”。

懒龙是同行给的雅号。作为雕玉艺人，他不把还没雕的玉叫玉，而是叫石头。他是最不轻易动刀的，不是没有好石，也不是别人给不起工钱，总之，他接了人家的石头，少则三五个月，多则三五年，有灵感了才动刀。请懒龙雕玉的人都知道他的性子，要么不请他，请了就由着他。若是不懂得他的脾气，催他或是三番五次跑到他的碧玉山庄里看，他会把石头拿出来退给你：“失敬！失敬！鄙人是一条懒虫，耽误不得贵人的时间！”

懒龙雕玉的工钱有贱有贵。贱的，只一句好话，或者随手拿出一些碎银就能打发。贵的，贵得吓人。比如说当年汇总钱庄的李掌柜就拿过一块上好的翡翠让他雕，他上手，瞟了几眼，掂了几下，说：“这石头不错！”话才出口，伸出了一个巴掌。一个巴掌代表什么？就是五根金条。据说当年李掌柜得了那尊玉麒麟后，钱庄的生意如日中天，爆得很。一日，李掌柜的一个老朋友造访，见了那尊玉麒麟，爱不释手，竟然出了百两黄金要他转让。李掌柜经不起重金的诱惑，拱手相让了。尔后，他的钱庄却如快要落山了的日头，再怎么托也托不起来了。懒龙知道后只说了一句：“老虎非要爬上树去吃一块腐肉，不摔死才怪！”

“牧童玉笛”的石头是一个米商拿来的。接石头的时候，懒龙没伸手指也不打凭条，只笑了笑。米商也只笑笑，拱拱手走了。这米商叫农田，普通得再普通不过的名字，可不知是因了他名字的相生还是什么，生意做得一直顺手。懒龙和米商平常也没怎么交往，但懒龙知道这个人，不是米特别，也不是财大气粗，而是因为这个叫作农田的米商口碑很好。据说某一年大旱，方圆百十里颗粒无收，眼看着逃荒的人潮水般往外涌，米商即开仓放粮。也不是放粮，是低价卖粮，有一下子给不了钱的，就赊给他。救了多少人，不得而知。

对这块和田石玉，懒龙曾经有过许多想法，但每次刚有开刀的念头，就被他否决了。能让懒龙否决的石头不多，让他一再否决的更是少之又少。

“牧童玉笛”是懒龙最好的创意。若是平常，玉器雕好后，他会让人去传话，叫来主人，一手交钱一手交货。然而此次：“牧童玉笛”都完工半年了，他不但没再把玩别的石头，还整日拿着玉器嘀咕，陶醉在自己的创意里。

“别再孤芳自赏了！”终于，有一天，他的夫人柔柔地在他耳边说了一句。他的眼翻了下：“女人家知道什么？”

“难道你还不承认那是一刀错刀吗？”

“你，你偷看了我的宝物？”

“还用我偷看？每天见你捧着早熟悉了。”

他的夫人是一位不轻易说话的人。

错刀。夫人的一句话将他多日所疑虑一下子明晰了起来。懒龙猛地站起来，看着已碎步走出厅堂的夫人，晃了晃脑袋，自言自语：“啊，还真是错刀。”他无声地端详起“牧童玉笛”来。

许久，懒龙伸着懒腰，长叹：“我怎么就犯了这么低级的错误呢？”

这“牧童玉笛”玉璧雕的是一个童子戴着竹笠横坐在水牛背上吹笛子的背影，牛似乎一路慢悠悠啃着地上的青草，童子的笛声在旷野上空悠扬地彻响，多么诗意啊！可是，懒龙那错刀，竟然落在了笛子上，粗看没什么，细看，牧童手上的笛子已破裂了。

懒龙终日把自己封闭在家里，喃喃自语：“怎么会这样呢？怎么会这样呢？”

这样下去，非癫即傻，假如他废了，这个家怎么办？懒龙的夫人慌了，一时也想不出个办法来。只好偷偷约请了玉的主人。

懒龙听到脚步声，知道是米商来要货了，一时羞愧无颜，抱起雕件，一个趔步向墙上撞过去。说时迟，那时快，正好让进来的米商连人带玉一把抱住。

“龙兄，你好不够朋友，怎么可以这样？”

“我的脾气你是知道的，我不可能让一件有错的物件流出去。”

“什么错件？难道是我的玉笛春风？”

“什么？玉笛春风？我雕的是牧童玉笛。”

“不，这正是我梦见的玉笛春风！”

“啊，有救了。”

懒龙转身入里，找出了一段绿丝带，往笛子上一扎，果然，春风动了！“谢谢你老弟，是你挽救了一件玉品，也挽救了老朽，不嫌的话，拿去是了。”

“那再劳烦您刻上几个字吧。”

“玉笛春风？”

“对，就是玉笛春风！”

一时间，牛活了，袅袅的笛声随着飘动的春风悠扬了起来。

荠雨花

刘博文

二三月软人。

二三月春风和煦，春光轻柔柔落进邻家院门。

门做两用，大门不消过多介绍，长长的高门槛打出世之日起便自我标注，用来走人的。

唯有男人的长脚板才承得起如此宽高。

垛，陆石桥方言中门垛的意思，芦叶最爱做的事便是发呆，目光伴随迎夕晒的光照，自然而然转移到门垛上。

门垛，一面半开的小门栏。

不知怎的，上到小学的芦叶总能想起课本中晏子使楚的情节，书里的门垛，该比邻家大。

该比邻家大，芦叶背着家里人多次去邻家看过陆石桥畔独此一户的小门垛，晏子再矮总不等同于燕子撒。

小孩儿的联想力没边没沿，发散开来如陆石桥畔忽而远行的船家，网到鱼吃鱼，无鱼就着月光温壶烧酒般自在。

自在如春画婆婆家，也不由得门垛边上堆满荠菜花。

有讲究，你小孩家不会懂，爸妈敲打起芦叶后脑勺。

二三月软人，代代相传的老话，寓指进入二三月后，春风拂面的畅快感，一扫冬日寂寥寒冷，与之而来的便是四时之中最温和的日光。

流年似水，日光洒落河面，映在人身上，披了件袄子似的，一个字，暖。

暖，也恼人，独属于春天的烦恼。

春暖，花便会开，陆石桥畔最先绽放的花儿是哪一朵，大伙抠后脑勺也说不上一二，谁家花最香，通常一闻便知。

许是沾了名字里同样带着春字的福气，春画婆婆侍弄的后院里，总有四时长香溢出，且经久不息。

飘于河面皆可闻，时常凭借花香就能判断春画婆婆的所在，陆石桥畔的养花人里，婆婆家种类算不上多。

其胜于精，精致的精。

这点上，芦叶具有十足发言权，河道破冰解冻的时日里，一簇簇待放的花骨朵藏于苞间，像小女孩害羞的脸，红扑扑，与让人观后生厌的大红色无关，若仔细观赏过春画婆婆后院中含苞欲放的各式花朵，便能明白略施粉黛的形容，并非戏言。

放晴的早春天，晨雾未散，晨气被云里的日光映射，落在花间的露水，跟洗过脸的小女孩别无两样。

四时常相往，迎夕而来的春光打在陆石桥墩上，连半开的花朵都软绵绵的想缩回身躯，更别提六畜。

撒过米好久的工夫，两只吊着红冠的大公鸡方由院内蹒跚而出。

晴日，春画婆婆就着窗边春色，院门前支起躺椅，端起搪瓷缸子，大口大口的花茶淌入喉头。

过路人无不报以叹息，以及稍纵即逝的慕意。

怪了，缘何叹息，日日侍弄花朵，老人家二三月软软人不是很正常吗?

于刚上小学的芦叶而言，世界铺陈开来，精美的同时亦蕴藏诸多谜题，她只晓得，每年春草渐深，花香满溢时，家里人总会拦着自己，抑或好言相劝，给自己糖吃。

一句话，别去邻家玩。

小孩子的心性，岂能给言语困束住，收起爸妈给的包装精美的瑞士糖，邻院飘来的香气撩拨芦叶的心。

一次两次，悄悄跨过邻家门槛，看见歪在躺椅上午睡的春画婆婆，偷偷翻到院子里，真没有点女孩样子，想起母亲每回抱出自己浣洗的衣服，嘴里蹦出的抱怨，不由得低下头看叫墙壁刮脏的粉色保暖衣。

方寻见背后春画婆婆的身影。而春画婆婆的反应倒出乎芦叶的意料，伸手，生满茧的糙手中，藏着两朵不常见的心形花朵。

二月二，龙抬头，来，给你别耳朵上，怪香咧。

芦叶大口吮吸面前萦绕的香气，丝毫没顾上老人目光中的闪烁波动，空气中带着些许泥土的味道，混合不知名的清新，

长此以往，家人忙时，芦叶便偷跑到邻家来，听春画婆婆讲过去的古话，陪她侍弄花草，而春画婆婆也总会报以花茶小食。

日子一天天过去，如泡棉箱中总有盈余的鸡蛋，日子一天天过着，门前河水浮动，叫人安心。

下过雨的清晨，芦叶本打算像往常一样从家门中溜出，却给身后熟悉的手臂拉转回屋，噼里啪啦挨了顿意料之外的骂。

与此同时，邻家传来的哭泣声声入耳，好奇心涌起，抵消掉耳畔的父母责言。

春画婆婆哭了？

凝神细辨，春画婆婆的确在哭！

芦叶攥紧手中的心形花朵，直到多年后，上省城念大学的她才明白，手中的心形花朵并非花朵，而是荠菜的果实，为十字花科荠属植物荠菜的花序，象征逝冬与初春交替。

有花语，逢春生发，随雨而逝。

而春画婆婆的先生，那个少时曾清晰浮现身影于陆石桥畔的男人，为多年前那场龙抬头的春雨引爆山洪护桥任务牺牲者之一，捞起时，桥墩下模糊的身形里只剩下做拳状的右手，紧攥着一团沾满雨水的青绿荠花。

二月二，吃荠菜。

明月圆，人团圆。

青草初生的二三月，春画婆婆疯病已然成为常态。

春雨中，花香阵阵，邻院总传来絮语声声：这花好，既能观赏又可入菜包馅儿，像我家那中看也中用的长脚板男人。

迎夕晒干堆在门垛前，好让他记得工作之余常回家看看，赏赏咱亲手侍弄的花草。

怪香咧。

荠雨花香迎风落入水面，有忽而远行的渔舟唱晚，打桨划过桥墩。

一棵桃树

陆惠明

老陆的孙子喜欢吃桃子。老陆就去陆家镇上买了桃树苗回来，种在屋前的场地上。

一年后，那棵桃树长得很茂盛。

又是一年开春，桃树树冠伸展，一树桃花十分喜人。

第三年，小陆在昆山城里买了房子，一家老少就从陆家浜泗桥村搬到了昆山城里，唯独没法搬走的就是那棵桃树。老陆说："桃树三年结桃，今年照理孙子是有桃子吃了。"

到了城里，小陆夫妻早出夜归上班，老陆和老伴就负责送孙子上学放学，买菜烧饭。日子过得很充实。

几个月后，村里的老张到城里买东西，就顺便来老陆家玩。老乡邻来，老陆夫妻自然要热情招待，非要留老张在家吃饭。老张盛情难却，喝了一杯酒后，红着脸说："你家的桃树结果了。"

老陆像个孩子似的开心："真的？"

老张说真的，但是桃子已经没有了，都被隔壁老王家的孙子吃光了。老王对这个小孩子太宠了，一清早，眼睛睁开就吵着要去摘桃子，其他孩子见他吃得眼热，也想去摘，可桃子已被老王老婆摘光了。

晚上，小陆他们回来了，老陆老伴就讲起老家桃子被隔壁摘光的事。小陆说："摘也摘了，吃也吃了，难道回去跟他们吵架啊？乡里乡亲的不好。"

老陆老伴却说："那不行，今年事已至此，明年开了春，我们回去把围墙打起来，这样他们就摘不到桃子了。"

老陆白了她一眼："兴师动众回去打围墙，打围墙的钱能买多少桃子，这棵桃树就几块钱买的，吃了又如何？再说了，老张的话也不可全信，老王家不可能把一树的桃子都摘了，等过段时间，有机会回老家的话，听听老王怎么说的。"

几个月后，亲戚家办喜事，老陆就回老家了。老王见老陆回来，连忙与他打招呼，于是就说到了桃子的事情，老王歉意地说："小孩子太调皮，打了骂了不管用，一得空就爬上那棵桃树，吃了还想吃，实在是不好意思……"

老陆笑了："小孩子不懂事很正常，贪嘴也很正常，我们不在家，不吃也要烂掉的……"

老王尴尬地说："明年等桃子熟了，我一定帮你照看好，顺便摘好了给你送来……也让你孙子尝尝自家的桃子。"

老陆哈哈笑着拍了拍老王的肩膀："路程太远，桃子熟了让村里人分享一下吧，你的心意我领了。"

回到家里，老伴问老陆："老王怎么说？"

老陆说："明年，他帮我送桃子来，让我们孙子也尝尝鲜。"

老伴哼了一声："不要到时候连桃子的毛都见不到一根。"

转眼又是一年，桃子成熟的季节，却不见老王送桃子来。老陆老伴就说了："这个老王真是个黄伯伯，只有你会相信他的话。要是照我的意思，打好围墙，桃子一个也不会少。"

老陆眯着眼睛："你打好围墙有用吗？存心要摘，一堵围墙能拦得住啥？只怕到时候你还是空欢喜一场。不要再为几个桃子纠结了，都怪我，当时就不应该去种啥桃树。"

两人正说着话呢，有人敲门。老陆去开门。只见门口站着的是满头大汗的老王，手里拎着一篮沉甸甸的桃子。

老陆老伴通红着脸迎了出来，一定要留老王在家里吃饭。老王千谢万谢就是不肯留下来吃饭。

老王走后，老陆跟老伴说:“这下你没话说了吧？”

老伴说：“没想到老王还真是个讲诚信的人。”

从此以后，桃子成熟的季节老王都会送桃子来。有一年老王送来的桃子非常小。老陆很好奇。老伴说：“这也是正常的，好的大的他们吃掉了。”

老陆吼了一声：“老王是这样的人吗？”

没过几天，村里有个长辈过世，老陆和老伴去奔丧。两人抽空就到家里看看。到了家，两人都惊呆了，只见那棵桃树光秃秃的一片叶子也没有，更不要说是桃子了。老伴痛心地说：“这桃树怎么死了？什么时候死的啊？”

这时，老王听到声音连忙过来，耷拉着脑袋说：“这棵桃树早就死了，我也不知道啥原因，也没好意思跟你们说。”

“那你送来的桃子……”

老王回头看了一眼自己家。

老陆夫妻俩顺着老王的目光望过去，只见老王家的场地上也种了一棵桃树，满树桃子十分喜人，只是桃子的个头不是很大。

老陆与老伴突然说不出话来：“你，你……”

老王说：“孙子喜欢吃桃子，但怎么能老吃你家的呢，所以第二年我就种上了，没想我家的长了桃子，你家的就枯萎了……”

两串烤菜卷

马犇

喝完酒的状态，一人一个样，我喝完酒，反而比平常还要清醒。有天晚上，酒足饭饱后，刚与朋友告别，便幸运地打到一辆出租车。开出租车的师傅五十多岁，头发有点花白，他穿着一件并不新潮的棉衣，但很干净，而且看上去像是熨烫过。

人干净，车也干净，车的中控区域还粘有一小瓶香水，坐上这样的车，心情舒爽得很。师傅的话不多也不少，印象中，我们唠了北方的夜色，以及北方的冬天。可能见我有些疲倦，师傅没有将话题展开，他还特意调低收音机的音量，见状，我顺势沉默，闭上了眼睛。

一阵急促的铃声，把我从睡梦里惊醒，我这才意识到刚才睡着了。我看到师傅连上了耳机，不知是为了安全起见，还是怕对话被我听见。

“儿子，快九点了，还没睡？”

“饿了？你每天晚上都这个点饿。”

“白天不给我打电话，饿了才来电话。”

“还是两串老李家的烤菜卷呗，爸过会儿就带回去。”

从师傅的言语里，我基本有了个判断，师傅的儿子八成是个啃老族。

“师傅，您儿子今年多大了？”师傅刚挂掉电话，我就问道。

“……三十六了。”提及儿子的年龄，师傅并没有脱口而出，而是迟疑了一会儿，像是算一道有些复杂的算术题。

“儿子天天都让您给他带夜宵？”我接着问。

“是啊，从他十岁时开始，那时我刚开出租车。我中午出车，夜里收车，晚饭没法和家人一起吃。儿子写完作业，就是不睡，硬是要等我，还为等我整出一个理由，就是要吃爸爸从老李家打包的烤菜卷……有了电话之后，他天天九点左右给我打电话，提醒我打包菜卷，早点回去。”

我心想，这也太不像话了，小时候还可以理解，如今都“奔四”了，怎么还让劳累了大半天的父亲带夜宵回去，如何心安？如何开得了口？

“您真不容易。或许，您等这个电话也习惯了，他要是哪天真不打这个电话，您反倒会失落。”我没好意思当师傅的面骂他那个啃老的儿子，而是换了个角度安慰他几句。

师傅有些哽咽，没过多久，便嚎啕大哭。我被这突如其来的哭声惊到了，刚刚那句平实的安慰竟戳中这个外表极为刚强的老男人的泪点，我实在有些想不明白。

“老弟啊，不好意思，我吓到你了吧。”师傅急忙掏出纸巾，胡乱地擦了擦泪眼。

“师傅，我没事儿。您哭出来就好。”我从兜里掏出饭店的湿巾递给他。

“谢谢啊。要是不介意的话，我跟你简单说说吧。”师傅的声音虽已平稳，但那接湿巾的手仍有些颤抖。

“师傅，还有十多分钟的路程呢，您就讲吧。”我把车窗摇下一些，想让风把沉重的气息吹开。

“你一定猜不到，刚刚给我来电话的，不是我儿子，是个女孩。”师傅小声说道。

见我一脸蒙，师傅接着解释：“十年前，这个女孩和她的男友去江边玩。当时有三个小孩在江边玩闹，江里驶过一支船队，三个小孩被江水淹没了。女孩的男友立刻跳下去救人，女孩拨打了急救电话。三个小孩陆续被救了起来，女孩的男友却没能抢救过来。她的男友就是我的儿子。”

车到地方了，师傅的讲述也停止了。

“师傅，请您接着讲。我过会儿加钱。”

“老弟啊，别提钱的事儿。我感觉你人贼好，咱俩也挺投缘，我给你讲完吧。”

冬夜里，车停在路边，没有熄火，师傅继续着他的讲述，我很认真地听着。两个初次见面，连彼此姓名都不知晓的人，竟如老友重逢一般。

原来，男孩到外地上学后，依然每晚打电话给老爸“要菜卷”，菜卷成了暗号、成了由头，其实那电话是让老爸注意安全，早点收车。

原来，在男孩没了的那天晚上，女孩第一次给师傅打电话。她听男孩讲过天天让老爸打包烤菜卷的故事，他们在一起的那两年，她天天晚上都听他给老爸挂电话。但令师傅没想到的是，女孩将这个电话坚持了下来，即便自己有了家庭，她仍天天九点左右给师傅挂个电话。

“儿子，快九点了，还没睡？”

“老爸，你快收车了吧？”

“还是两串老李家的烤菜卷呗，爸过会儿就带回去。”

“谢谢老爸，注意安全，我等你回来。”

他们并不询问彼此的近况，完全“照搬”当年父子之间的对话。

温暖的山芋

满震

韩老六正猴在自家的山芋田里发愁呢，老伴中风半身不遂卧床不起，自己的腰疼病这几天又发作，腰疼得要命，这一田的山芋靠自己一个人蚂蚁啃骨头似的一块一块地刨，得什么时候能刨完啊，刨完了还得一车一车拉到城里去卖。

这时候，大学生村干部小林姑娘来找他。“韩叔啊，要起山芋了吧？”韩老六看到小林很高兴：“是啊，小林姑娘。”

韩老六夫妻俩无儿无女，是村里的贫困户，也是小林的定点帮扶户。平日里，小林常来看他们，帮着干点家务活；农忙时还会带几个大姑娘小伙子来帮着干农活。老两口过意不去，小林却说：“我在家是独生女，现在人在外地工作，不能孝敬爸妈，看到你们我就想起我爸我妈。”老两口觉得小林真是个好姑娘，要是有这样一个女儿该多幸福啊。

小林说："韩叔啊，我来找你是想跟你商量件事，你今年的山芋卖不卖啊？"韩老六说："卖啊。可是，你看你婶躺在床上也帮不上忙，还得要人服侍；我这腰这几天又犯病，这山芋在土里还没起出来，还得拖上街去卖，你说怎么卖呀？"小林说："那就卖给我们吧。这山芋你就别刨了，就搁地里头，改天我们来刨。"

星期天，公路上开来了十几辆小汽车，车队到了韩老六的山芋田边就停了下来。小林姑娘从第一辆车上下来，一声招呼，从后面的车上下来一大帮人，看样子都是一个个小家庭，一对对年轻的夫妻各自带着五六岁、七八岁的小男孩或小女孩。他们呼啦啦拥进韩老六的山芋田里。

小林说："请各家派一名代表到我们这里来，爸爸也行，妈妈也行，小朋友也行。我和韩爷爷先教大家一下怎样挖山芋。"等各家的代表都围拢了来，就一边示范一边讲解："先轻轻刨开薄薄的一层泥土，山芋就露出来了，然后沿边上挖，这样就不会把山芋弄破了。好，下面我们就开始挖山芋比赛，看谁挖得多。奖品就是：你们挖的山芋不管多少一律归各家所有。"

然后，各家的大人小孩就用自己带来的小铲子、小钉耙忙活起来，一嘟噜一嘟噜的山芋就从土里被拽了出来。孩子们惊喜地喊叫着："啊，这么多的山芋！"

韩老六看到一个个胖胖的大山芋挤挤挨挨的，就想到一群小猪崽在老母猪怀里挤着吃奶的情景，真叫人心生怜爱。

孩子们有的在刨山芋，有的在用泥土搭城堡，有的在追逐嬉闹，叽叽喳喳，快乐得像一群小麻雀。

"爸爸妈妈，快来看，这个山芋好大！"一个小女孩双手抱起一个大山芋开心地大喊大叫着。

她的妈妈拿来照相机："别动别动，我来给你拍一张。""咔嚓"，然后说："这张照片的名字就叫《小娃娃和大山芋》。"

小林朝韩老六走过来："韩叔啊，我来给你山芋钱。"说着递给他三千元。韩老六吓得连连推让："你们省了我起山芋，省了我一车车拖到城里去叫卖，省了我好多功夫。我这一块地的山芋至多也就能卖个三四百块钱，哪能要你这么多钱？"

小林说："这次'起山芋'并不只是来帮你干一次农活，它是我们邀请团县委和县妇联共同举办的'开心农场'采摘活动内容，目的是培养城市孩子亲近大自然、热爱大自然的思想感情。这是我们的最大收获。十五户家庭自愿报名参加这项活动，每户交二百元，共三千元。你就把它看作是我们大家对你的一点心意收下吧。”

韩老六的心里就如吃了热乎乎的山芋一般，一股暖流顿时涌向全身。

紫禁城的鲥鱼汤

蒙福森

康熙三十一年春日，树木葳蕤，草长莺飞，春意盎然。一大早，江宁渔民刘老六和儿子在大江上捕鱼。

这是一个寻常的日子，依旧是斜风细雨，江水苍茫，远山如黛。大江两岸的屋舍、田野、丘陵、树木都笼罩在雨霭之中，烟岚缥缈，若隐若现，恍如一幅杏花烟雨江南的水墨画。刘老六父子箬笠蓑衣，在白浪滔天的大江中撑一叶渔舟，撒网捕鱼。

第一网，一无所获。

第二网，捞到一些小鱼小虾，几根水草。

接着，第三网，第四网……

第十五网时，渔网刚拖离水面，突然间，刘老六心跳加速，手脚颤抖——渔网中，一条罕见珍稀的鲥鱼在渔网中挣扎着。

“鲥鱼！鲥鱼！鲥鱼！”刘老六连声惊叫，手脚无措，几乎跌坐在船舷上。

这确实是一条鲥鱼，一条价值不菲的鲥鱼！算起来，江宁的渔民已经有两年多没有捕捞到鲥鱼了。

渔船随即撑回岸边。“鲥鱼——鲥鱼——”刘老六向长年守候在江边等候鲥鱼的几名官差大声喊叫：“捕到了一条大鲥鱼！”

不一会，官府的大批人马携带着冰块策马奔驰而来。岸边，围了许多看热闹的人。刘老六父子小心翼翼地捞起这条有两斤多重的鲥鱼，交到官差的手中。

鲥鱼娇贵，离水很快就会死掉。官差们把鲥鱼放入一个放满冰块的盒中，盒子外再淋上一层猪油，以防止冰块过快融化。随后，数匹快马立刻如离弦之箭，沿官道快马加鞭，一路驰奔京城。

刘老六随后到官府，领到了一笔丰厚的奖赏——十五两银子。这笔银子，相当于刘老六打鱼一年的收入。

几个官差，背插令旗，一个马背上绑着放鲥鱼的盒子，两个护卫，一前一后，最前面还有一个官差手举令旗，一路不断大呼：“八百里加急，闲杂人等立刻避让！——”

他们出了江宁城，一路狂奔，不想，路边有几个孩子在玩耍，突然见到几匹快马飞奔而来，吓呆了，不知避让。几匹快马迎头踩踏过去，其中，一个六七岁的男孩被一匹快马撞倒，另一匹马踩中他的头部，顿时，头破血流，不省人事。

官差们仅犹豫一下，随即，快马加鞭，飞驰而过。

从江宁到京城，有三千多里路，沿途官府接到快报，早已准备了大批快马，等候从江宁送鱼上京的官差。每一处驿站，他们都煮好蛋汤，等官差们一到，端上来，匆忙喝上几口。每一处驿站，换一次马，换马不换人。每两处驿站，换一次人。如此日夜不停，向京城疾驰。晚上，沿路官府点起火把，为他们夜奔照明，一路火光映照，不耽误片刻。马蹄声急，尘土飞扬，泥水飞溅，嘚嘚嘚，嘚嘚嘚，马蹄声在寂静的深夜里显得特别清晰。

三日后，鲥鱼送到了京城。御膳房总管吩咐：立刻交给御厨张和烹制。张和打开盒子，一看，一闻，点点头，好。鲥鱼虽死，有冰块保鲜，依然像刚从江里捕捞到一样。张和跟御厨们说过，鲥鱼之味，世间罕有，贵在鲜美、滑嫩，无腥，无泥味，肉如凝珠，其色如玉，非寻常鱼可比，极其珍贵。古诗有云：青杏黄梅朱阁上，鲥鱼苦笋玉盘中……总之，鲥鱼之味，人间至味也。

张和刮鱼鳞，除内脏，洗净，冷水泡浸，去杂味；剔去鱼骨和鱼刺，切鱼片，此时需万分小心，一丝不苟，容不得有一根鱼刺存在，否则，有杀身之祸；放入陈皮、花椒、香蕈、姜片、蒜瓣、八角、香油等多种佐料腌制，加上鸿兴楼送来的鲜豆腐，切块，再放入白果、红枣、草果、笋丝等一起下砂锅，文火炖熬，豆腐和鲥鱼水乳交融，融为一体，不分彼此；出锅后，撒上少许葱花，一道色、香、味、鲜俱佳的鲥鱼豆腐汤做好了。正好，到了皇上用膳的时候，侍膳太监轻轻地揭开锅盖，一股浓香立刻飘散开来，洇入鼻翼，沁人心脾。

这次，张和烹制的是鲥鱼豆腐汤。如果红烧鲥鱼，又是另一种做法。据说，张和有十多种烹制鲥鱼之法。不同的做法有不同的味道，各有特色，皇上百吃不厌，喜欢着呢。可惜，鲥鱼只产于南方浙江、福建等地，珍稀昂贵，少之又少，很难捕到。朝廷定鲥鱼为皇宫贡品，南方各地捕捞到的鲥鱼，不论大小，一律送入京城。

张和烹制鲥鱼水平之高，他人望尘莫及。京城里久负盛名的八大楼、八大居、八大春等大酒楼的名厨，烹制鲥鱼的水平远远比不上张和；甚至，皇宫中所有的御厨，跟张和比，都差了一大截。

张和自小在江宁乡下长大，祖上出过御厨，家学渊源，传到张和时，他聪明勤学，饱读诗书，悟性甚高，厨艺青出于蓝而胜于蓝，比祖上更胜一筹。

张和的父母妻儿留在江宁，耕田种地。他有一子一女，儿子今年七岁了，聪明伶俐。做鲥鱼汤的那晚，张和做了一个梦，梦见儿子哭着向他跑来。张和跟御膳房总管请假两个月，他已经有一年多没回家了。

从京城回江宁，到枣庄古禾时，有两条路，一条大路，一条小路。张和在岔路口，和从江宁老家日夜兼程赶来京城报讯的堂弟擦肩而过，差一点就碰到了。

堂弟来京城，有一个悲痛欲绝的消息要告诉张和：十几天前，张和的儿子被送鲥鱼上京的官差的快马踏破头颅，不治身亡。

杜鹃花开

孟凡勇

一树的杜鹃花开了。十八岁的杜鹃第一次踏进水根家就被杜鹃花吸引住。那棵杜鹃花是水根以前放羊的时候在山上挖的，花茎细，根须嫩黄，足有两拃长。水根把杜鹃花种在堂屋门边，施肥浇水，呵护备至。水根和杜鹃花一起成长，他成了精壮的小伙儿，杜鹃花分生了许多花枝，在花季时能占满半边墙，花香从院子里传到大街上。邻居家的孩子想要花，水根不给，说花好好开着才好看，摘掉了就坏掉了。

“这花是你种的？”杜鹃在花旁问水根。

水根点头，说：“小时候的事，记不清有几年了。”

父辈们在堂屋里说说笑笑，媒人默默瞧瞧屋外，见水根和杜鹃在花前有说有聊，遂点点头，朝男女两方的家人道：“我看他们俩能成，瞧，不用我这个大姨插嘴呢。”

水根和杜鹃听见屋里传出笑声，便也明白了，双双红了脸。

成亲的那天，水根剪了一朵杜鹃花别在杜鹃的头发上，“呵呵”憨笑，说：“杜鹃好看！”引得大家哈哈大笑。杜鹃呢？她不多话，只在迈进堂屋的那刻朝身旁开得鲜红的杜鹃花说：“你可以轻松了，以后我帮你瞧着他，山花野花都不叫他看！”

水根和杜鹃的日子过得平静而幸福，水根每天上午到田里劳作，杜鹃在半晌时给他送壶茶，告诉他中午吃什么——杜鹃说中午有烙饼吃，水根回家后发现是手擀面；杜鹃说中午蒸馒头吃，水根回家吃的是荠菜饺子。水根说杜鹃像个孩子，杜鹃说水根是头憨牛。下午，水根赶着羊群上山放羊，杜鹃在家做家务，思考着下午的饭怎么做才能花样不重复。等到水根领着山羊大军回家时已日近西山，杜鹃早早地在杜鹃花旁摆好了小木桌和小木凳，酒菜齐全，热气腾腾，水根坐下就能吃。

杜鹃花开到最旺的时候正是它萎谢的开始。每当这时，杜鹃必定找来剪刀，让水根大开家门，呼喊在大街上玩耍的孩子们进院。杜鹃把一朵朵饱满的杜鹃花带茎剪下，端详片刻后递给孩子，嘱咐说：“回去插在瓶子里加水养着吧，能香一阵子。”

水根在一旁只看不说话，他觉得杜鹃向孩子们分享杜鹃花时的样子很美。他在那一刻才知道，原来花最美的时候不一定是在茎上开放的时候。

杜鹃花因为杜鹃的呵护和细致裁剪而茁壮生长，它的主干长到小擀面杖粗时，水根和杜鹃都长出了白发和皱纹，羊群也卖了好几拨。他们俩平静地生活着，偶尔与儿女团聚，每年花季一定与孩子们分享杜鹃花。

寒冬时节分外冷，杜鹃给杜鹃树的主干上围了一层草毡，自己却受了凉生了病。水根嘴上埋怨着“傻老婆子”，心里却疼得很，因为医生说杜鹃病得很重。

皑皑白雪混着刺骨寒风似乎要把大地上的一切生命卷走。杜鹃被带走了，安静离去，水根第二天早上才发现。

雪过风停暖春来。水根的羊聚集着趴在院子的墙根下嚼着干草料晒太阳。水根呢？他提了个马扎挨着杜鹃树坐。他那双浑浊的眼睛盯着枯褐色的杜鹃枝干看了又看，怎么也瞧不出这杜鹃树有发芽的迹象。换作以前的早四月，杜鹃早就发了芽包。

水根病倒了。什么病？大夫也瞧不出来，只说水根老得太快了，去年，他们老两口到医院体检时的精神面貌比现在好，可见人不是慢慢变老的，是“一下子”的工夫就变老了。

家里的年轻人伺候着一天天消瘦下去的水根，心疼却又无可奈何。水根每天都问：“杜鹃开了吗？”见儿子摇头，便只叹气。

一日，水根的儿子跑进屋激动地说：“爹，冒，冒芽了！”

水根眼睛一亮，用力坐起身让儿子扶他去看。果真，粗壮的杜鹃树皮色微微泛绿，分枝上冒出了许多芽包。水根看了又看，见杜鹃树的细长分枝少了很多，只有粗壮的主干没短，遂问：“怎么枝子这么少？”

儿子笑答：“我咨询了从事园林工作的朋友，他说给杜鹃树修剪掉分枝可以减轻它的生长压力，能缓过来！”

水根一听，连连点头，眉开眼笑，俯身端详着杜鹃树，说：“我就知道你会醒。”

从那天起，水根的气色好了，杜鹃树长满绿叶的时候，水根能自己在院子里溜达了；杜鹃花开的时候，水根能赶着羊群出去放羊了，好像杜鹃从未离开过。杜鹃花开到最旺时，水根找来剪刀，让儿子开院门招呼孩子们进院。

“好好好，都有，都有。”水根高兴地给孩子们分剪杜鹃花。水根的儿子在一旁看着，只有他知道那棵杜鹃花的秘密，那是没有挺过寒冬的杜鹃偷偷给儿子的嘱托。

日近西山，水根坐在杜鹃树旁，端详着最后一朵盛开的杜鹃花自言自语道：“杜鹃啊杜鹃，你的心意我明白，我都明白。”

采凌师

墨中白

再过十来天，就能伐冰了，还没有老冷的消息。管家说，家住河北的老冷可能回不来了。

开冰窖，没有老冷哪行呢。这个冬天，东家心里空落落的。

湖里冻，一天天增厚，东家在堂屋里来回踱步。

管家从外面跑进来："有消息了！"

"老冷来啦？"东家一把抓住管家的胳膊问。

"来的人是小冷。"管家回答。

"小冷呢？"东家缓缓放开管家的手问。

"人在院里。"管家说。

东家一听三步并两步，迎出去。

见到小冷，东家有点失望。小冷长得比老冷还瘦小，真担心一阵大风过来，会把人吹跑了。小冷剃着光头，瘦弱的身板看上去像个小孩。小冷告诉东家，他已经二十岁了。父亲说东家是好人，让他不远千里过来帮东家伐冰。

东家同对老冷一样待小冷。

东家庄园临近进士湖，前两年经官府特批，他开了一家冰窖。伐冰时，是老冷指挥人干的。没想到这个冬天，他让儿了过来。

开冰窖，看似简单，这里面门道多哩。就拿这个采凌打冰来说，是个技术活。三九天，又是在夜里一点时分，不但要求打冰人耐寒，还要手脚灵快。从离冰窖远的地方开始用冰镩打冰。打下来的大冰块浮在水面上，如同木筏。接下来，还要按照冰窖的尺寸，将大冰块分割成若干个统一大小规格的小块冰。随后，再由工人用扎有倒须钩的冰镩将伐好的冰块一个个往冰窖拖。

工人们佩服老冷，眼睛好，胆子大，手脚灵活，那么大块冰，他玩一样就分成一块块小块冰。工人们猜，老冷一定会轻功。可老冷说只会伐冰，他只是巧借冰的浮力才能在水上行走自如。

伐过冰的水面很快会结上一层薄冰，似镶在厚冻里的一块大镜子，随手把镩子轻轻一放，冰立马碎了。可老冷走在那层薄冰上，如一阵风飘过。老冷说，他采冰时间久了，整个人融入了冰。工人们听不懂他说的话，都羡慕他比猴子还轻巧，上百斤重的身体踩在薄冰上，似一根猴毛。

大家清晰地记得去年那个冬夜，拉冰的冬生不小心摔在大冰块上，滑进水里。看着被采过冰的宽宽水面，几个人站在厚冻上，伸出镩，就是够不着人。眼看冬生就要沉入水底，月光下，一阵风刮过。再一看，冬生已经坐在厚冻上，大口喘着粗气。老冷伸手救了他。事后，冬生说，自己也不知道怎么就从冰上腾空一跃飞到冻上来了。

开始伐冰。

黑夜中，小冷一个人割冰，冬生他们八个人拖，还剩余。小冷不但分割冰速度快，还整齐。连码冰的张大手也挑起大拇指说，小冷割的冰好码。

管家在东家面前夸小冷比老冷手艺还好。

东家笑了。只是他不相信小冷不使镩伐割冰，用手。

冬生亲眼看到小冷把镩插在冰上，挥着右手在冰上比划，坚硬的冰就分割开了。管家再三肯定说。

东家听这些话时，并不往心里去，只要小冷像老冷那样伐够装满一窖的冰就好。

起初没有人相信冬生说的话。冰冻厚硬似铁，使镩都费力气，用手？怎么可能？拖冰工人发现小冷伐冰时，不像老冷那样，镩子戳在冰上，“咚咚咚”声音传得老远。有几次，他们故意同时停下镩子，整个湖面除了风，冷得吓人。没有人听到镩子打冰的声音，可在他们不远处分割好的冰又多了两层。难道小冷真用手在伐冰？

老冷能履薄冰，小冷为什么就不能用手割冰呢？工人们有点相信冬生说的话了。

有个叫春生的伐冰工，内心好奇，夜里拖冰时，他借口跑去解手，其实想看一眼小冷到底是用手还是用镩采冰。

很快春生回来说，不远处有两个猿猴在冰上来回跳跃，似在分割冰呢。

没有人相信春生的话。寒冷的冻上就小冷一个人，哪来的猴子哟。

接下来，码冰张大手说的话，大家更怀疑了。他说夜里自己闹肚子，小冷不知何时站在身后，让他放心去解手。等他回来时，冰块已经码好，整齐叠在冰垛上。一旁的小冷拎着酒壶，正喝着酒，瞅着他笑。

码冰需要技术不说，黑夜里那么多冰要分割，小冷就算会码冰，可人能分身吗？再说湖面离冰窖还有好长一段路要走哩。怎么可能哟？工人们说，真逗。可张大手一脸认真地说，以前认为自己码冰是一流的，可同小冷比，差远了。

小冷夜里采冰，白天睡觉。东家不明白，老冷以前住过的房间，收拾得干净舒适，可小冷不愿意住，却睡到湖面那棵歪柳树上的冰屋里。冰屋是小冷自己建的，那团冰悬挂在树梢上，远远看去似个玻璃球。东家担心小冷睡不好，可小冷说，喜欢住在冰屋里，离开冰，他心慌。

一窑冰痕装满，小冷找到东家，要走了。

东家舍不得。小冷说，东家善心满怀，自会有人前来的。

小冷刚走，老冷就赶到了。

东家感谢他儿子帮了大忙。

望着树梢上那个圆溜溜的冰屋，老冷不知道小冷是怎么睡在里面的。整个人如踩着一片云朵。

立夏日，启冰。

一窑冰运完。春生看到底层一块冰上现出一行字：酷暑砂塘有冰。

管家带人到采过砂的塘子里一看，满塘黄土，铲去上面厚厚一层土，底下全是尺寸规格相同的冰块。

这个夏天，泗州格外热，可许多百姓家里放上从东家砂塘里领来的冰，满屋清凉。

东家夸老冷儿子真好。

老冷实话说，只有三个女儿。

东家习惯性用左手摸捏着胡须微笑说，采凌的活儿可以谦虚，儿子有本事，却不能这样讲。

老冷就不再解释了，他倒希望小冷是自己儿子。可那个身手如猿的小伙子，为什么甘愿做他儿子呢？

完美爱人

欧阳华丽

邓琳进门时，姐夫李然正在书房作画。他精心地用淡色的画笔在画布上描出细致的轮廓——山峰层峦叠嶂，奇峻高险，山脚下，亭子坐落，河水蜿蜒，渔舟靠岸。左边苍树挺立，右边高山壁立，远方望去，云海之中，飞鸟成群。

在这座小城，李然以善画山水而闻名。他的山水画，构图精致，气韵生动，一山一水，一木一石，颇具古风。他和夫人邓婕师出同门，常在全国各地采风作画，从江南古镇到西藏的布达拉宫，从徐霞客走过的山川到陶渊明笔下的武陵源，俨然一对神仙眷侣。

邓琳是出了名的事业型女强人，能力出众，姐姐邓婕则是典型的知识分子，优雅温和，这时她一边准备午餐一边听妹妹发牢骚："我真羡慕你和姐夫，郎才女貌，夫唱妇随，这才是天造地设的完美爱情。不像我和谭峰，我们之间没有共同的爱好，业余时间各行其是。他的同学升官的升官，发财的发财，只有他还是个一无是处的中学老师，除了上课，什么也不会。”一通数落之后又刻薄地总结道：“生活在一起才发现他根本就是个工作方面没能力，学识方面没智力，生活方面没魅力的无能之辈！”邓婕听完后，收敛了脸上的笑意：“你不会想离婚吧？我知道谭峰做事低调，生性腼腆，虽然少了些情调，可人还是不错的。你们结婚多年，家里要不是他一手打理，你能毫无后顾之忧，把事业做得风生水起？”“离婚倒没想过，”邓琳左右看看没人，低声道，“但为此爱上过别的人，之后发现那人根本不值得自己出轨，伤透了心又悄悄回归了。”邓婕顺手拿起手中的锅铲要敲她的头。邓琳赶紧一缩头：“放心，只是精神出轨，他很迟钝，对我和别人之间发生的那场情感暗流，他一无所知。不过他确实是个好人，只是对他的温吞、笨拙，我总是恨铁不成钢地想发火，三天两头就吵架……”

那边李然已将错落有致的轮廓勾画完毕，他放下画笔去院里浇花。夫人爱花，他便在院里层层叠叠、井然有序地种满了大大小小、高高矮矮的各类花卉，小小的院子简直就是个繁花似锦的小花园。

邓婕看着他在花间穿梭，手上的活不停，从窗口跟他交谈两句，两人的话语和眼神之中有着不经意的眷恋。

饭是家常饭，三菜一汤，倒没什么特别。吃完饭，李然主动站起来，边收拾碗筷边说：“你陪小琳聊天吧，今天我洗碗。”邓婕冲他甜蜜一笑，为他系上围裙。没想到结婚多年，已成名家的李然对姐姐依然如此无微不至地关爱，两人的一颦一笑闪烁着数不尽的温情与幸福。邓琳一下被感染了，羡慕又伤感地说：“姐，你应该是这世上最幸福的女人了，能够得到像姐夫这样优秀的男人无私的爱情。”

邓婕笑说：“你不幸福吗？当年可是你主动追的谭峰，你说他多才多艺，脾气温和，就像校园里那一棵挺拔的白杨。”

“那是当年幼稚！跟你相比，我是一个不幸的女人，我们的婚姻根本就不是我想象和希冀的那样完美。”

“人非圣贤，谁没有缺点？不要一味地盯着他的不足，要多看他的长处，学会包容和扶持。”

“我要是有姐夫这样十全十美的丈夫，也能水波不兴地说出这样的话。”邓琳幽幽地轻叹一声。

邓婕不作声，递了一杯茶给她，把她拉进书房，便开始在李然那些画好的轮廓上浓淡适宜地渲染上深深浅浅的色彩，画作慢慢变得生动起来，最后完成时只见整幅画汇聚山川峰嶂之风韵，云烟清泉之灵动，微妙妥帖，就如同两个人的爱情结晶一般，有着鲜活而超逸的生命力。

邓琳知道这是他们夫妻多年来作画的习惯，她从来没想过为什么，此时却突然心里一动，忍不住问道："这么多年为什么姐夫只画轮廓，色彩则一定让你来完成呢？"

"你姐夫在三十岁那年，因为视网膜疾病得了后天性色盲症，在他的眼里，世界只有一种颜色，他的画也只有一种颜色。当年他刚在画坛崭露头角，遭此变故非常绝望，为了不让他放弃画画，这二十多年我就承担起了每次在他完成的单色画幅上着色的工作。"

邓婕说得云淡风轻，可邓琳的心却不亚于受到了十二级风暴冲击。第二天她把这幅画带回了家，挂在卧室最醒目的地方。

土桥镇上的魔术师

秋子红

那天夜晚，我们整个土桥镇的人统统都失眠了。月亮明晃晃地挂在天上，空气中飘荡着一股股辛辣呛人的旱烟味。已快深夜十二点了，但人们毫无睡意，一个个像反刍的老牛一样圆鼓着眼睛，高声大嗓、唾沫星四溅地议论着不久之前马戏团演出的情景。

我们围在三子家门前的土槐树下，像门廊里的大人们一样，叽叽喳喳地慨叹着，七嘴八舌地争论着。是啊，对我们这群十一二岁的小屁孩来说，刚才发生的一切太神奇了，简直像一个个充满神迹的梦！那只会做算术题的山羊、那些在驯兽员的皮鞭指挥下钻火圈的老虎狮子、那被一把寒光闪闪的长剑劈成两半的金发女郎……当然了，还有那个像是无所不能的魔术师，天知道所有这一切究竟是怎样做到的！

月光照着我们身边狭长寂静的街道，远处传来一阵阵狗叫声。我们第一次感到，我们司空见惯的这座终年尘土飞扬的北方小镇好像跟平时不一样了，周遭所有的一切都充满了我们无法理解的神奇和隐秘！

马戏团是那天中午来到我们土桥镇的。不过，早在三四天前，我们就看见了贴满大街小巷的演出海报。更早之前，我们就听到了马戏团要来我们土桥镇的消息。那天中午，一辆大卡车开进了我们土桥镇，车上下来一群衣着怪异的人。男人们穿着西服，打着领带；女人们戴着叮当作响的大耳环，穿着花花绿绿的连衣裙。他们操着悦耳动听的外乡口音，走在我们土桥镇窄窄的街道里。我们第一次感觉到，我们祖辈居住的这座尘土弥漫的北方小镇，实在是太寒酸、太土气、太落伍了！

太阳刚一偏西，马戏团演出的大帐篷就在镇子外面的空地上搭起了。我们看见了关在铁笼里的狮子、老虎。一只脖颈上纷披着长长的鬃毛、威风凛凛的雄狮在铁笼里卧着，突然朝我们龇着锋利的牙齿，凶狠地嘶吼了一声。我们一个个吓得魂飞魄散，但不久我们又心满意足地笑了。我们还看见帐篷外面一个跟我们年龄差不多的孩子骑在一辆独轮车上，边转着圈边灵敏地将手上的两只帽子不停地轮换着戴在头上。我们眼巴巴地看着，我们心里痒痒的，我们恨不得天马上就黑。

那天傍晚，夜幕刚刚落下来，马戏团演出的大帐篷就被我们镇上的人围得水泄不通。我们手里攥着软磨硬泡从父母那里要来的皱巴巴的五块钱，从人缝中挤进去，终于买到门票进了帐篷。帐篷内，用长木板一级级搭成的观众席上早坐满了人。我们又在人缝中挤了半天，终于找到一个位置，可以站在木板上将目光越过前面一个个头顶，看见帐篷深处铺着红地毯的椭圆形舞台。一阵铃声响过后，演出开始了。

那是多么神奇而美妙的夜晚啊！头顶旋转着球形灯，五彩缤纷的光束将整个帐篷映照得幻若仙境。伴着欢快的乐声，两匹银白色的骏马登场了。它们先是绕着舞台兜圈子，紧接着马上的骑手身子直直地倒挂在马鞍上。不久，在我们的尖叫声中，前面的骑手一个腾空，身子稳稳地落在后面的马背上。另一个节目中，一个铁塔似的壮汉，张大嘴将一把剑从咽喉里一点点地吞进了肚中，紧接着，他将一团燃着的火吞进了口中。匪夷所思的是，火很快又被他吐了出来，还在燃烧着，而且似乎比以前更旺了。接下来，猛兽登场了。驯兽员啪地一甩皮鞭，狮子和老虎排着队听话地钻着一个个火圈。后来我们看到了那只神奇的山羊，它做起算术题来似乎比我们校园里一些反应迟钝的学生思维更灵敏……我们看着一个个奇妙的节目目瞪口呆，我们的灵魂好像一下飞离了我们的身体。不过，这些只是前奏。直到魔术师登场，我们的兴奋才算达到高潮。

我们从没想到，世界上还有这样不可思议的人。魔术师头戴一顶礼帽，拎着根手杖，白衬衣上一袭黑色燕尾服衬托出他挺拔颀长的身材。他脱帽弯腰向人们问好，彬彬有礼得像一位绅士。我们看见我们镇子上的姑娘们用一束束深情的目光望着他，眼眶里湿漉漉的，闪烁着一种饥渴难耐的光。他那双戴着白手套的手多神奇啊！他举起手杖，说一声“变”，我们看见手杖变成了一把花雨伞，然后一把又被他变成两把三把四把，直到他的身边摆满了五颜六色的花雨伞。他从衣兜里掏出块丝帕，噗地吹口气，丝帕就在我们目光的注视下变成了一朵玫瑰花。然后魔术师又掏出一块丝帕，蒙在玫瑰花上，又噗地吹口气，揭开丝帕，玫瑰花变成了一只扑棱着翅膀的白鸽子。

终于，令我们激动万分的时刻到来了——有人推过一只大铁箱，一位身材窈窕的金发女郎被魔术师锁进了铁箱，只在箱外露出她的头和一双脚。魔术师举起一把寒光闪闪的长剑，咔嚓一声将箱子一下劈成了两半！我们的心快要跳到嗓子眼儿了，我们听见观众席上的人异口同声地尖叫了一声。但令我们惊异的是，那位金发女郎并没有死，她的头在一只箱子外晃动着，向人们微笑致意，她的一双脚正在另一只箱子外左右摆动。

“魔术师会分身术！”

“不！他一定会巫术！”

看着看着，我们禁不住叽咕争论起来，直到前面的大人们纷纷回过头，用凶狠的目光瞪着我们，我们才噤了声……

表演结束以后，我们依旧围绕着魔术师的话题争论着。直到大人们打着呵欠催促我们回家时，我们才不得不结束争论。

第二天天一亮，我们起床后顾不得洗把脸，就一个个往镇子外面马戏团搭帐篷的地方跑。马戏团的人好像刚起来，懒洋洋地在帐篷外嬉笑着、打闹着。不远处，有个矮胖的女人在用炉子做饭，碗筷瓢盆就摆在她身边的土地上，锅盖上落满了苍蝇。看样子饭快熟了，但那从锅盖下飘出的饭香味，远远盖不住远处铁笼里的狮子老虎所散发出的一股股气势汹汹的腥臭味。后来，我们看见了魔术师。他像被人施了魔术一样完全变成另外一个人，穿着皱巴巴的衬衣，眼窝深陷，头发蓬乱。他走到炉子前伸手揭开锅盖，捏了块肉片丢进嘴里，边咀嚼边向远处一个年轻女人抛了个媚眼，吹了声口哨。我们听见做饭的矮胖女人嘴里吼出了一句粗野的叱骂。我们看着这一切，心里酸酸的，我们忽然想哭。

那天中午，任凭马戏团帐篷外的大喇叭声嘶力竭地不停吆喝，我们坐在屋子里，身子动都没动。到了夜晚，据说马戏团帐篷里的观众席上，只稀稀拉拉坐了几个上了年纪的人。

第三天一早，在我们还沉湎在香甜的睡梦中时，一辆大卡车载着魔术师和马戏团离开了我们土桥镇。

许多年后，我们终于明白，魔术师和马戏团与其说是自己离开的，不如说是被我们“赶”走的。因为，我们无法相信，那些在我们的想象里高贵、无所不能的人，居然像我们一样，那样卑微、寒碜而艰辛地活着！

象牙色毛衣

裘山山

他是丈夫的老朋友。

她和他相识也有些年头了。

谈恋爱时，他是他们的“保镖”“信使”乃至闹矛盾以后的“说客”；结婚时，他为他们布置新房——他是个小有名气的青年画家；连出门旅行，都是他接送。

她很感激他，总是对丈夫说，在众多的朋友里，他是最热心帮助他们，并不求回报的一个。丈夫亦点头称是。

然而，这么一个活活泼泼、乐于助人的人，自己的感情生活却十分不幸。他谈了一次又一次恋爱，都以失败告终。偏偏他又是个极重感情的人，所以每次败下来，都要沮丧许久。

他没有姐妹，母亲也早已故去，这使他的生活在缺少女性的温情和抚爱下，显露出一种十分明显的窘迫。

在又一次和一个女朋友闹僵后，他来到她家。她并不劝慰他———那没用，她只是静静地织着毛衣，听他有一句无一句地讲着他和那个女孩子的事。他忽然苦笑着举起双肘说："你瞧，我毛衣破成这样了，她也不肯替我织。你知道我这个人，感情上总希望别人更多地给予。我孤独得太久了。"

她心中生出无限怜悯，但依旧什么也没说。后来他走了，胳膊肘毛衣磨破的地方露出红运动衣的颜色，十分刺眼。

晚上，她对丈夫说起这些，丈夫也叹气。于是她说："我给他织一件毛衣吧！"

丈夫沉吟半晌，说："以后吧。"

她便不再提。

终于有一天，他结婚了。

那是很神速的。他几个月没来，她还以为他外出了。然而突然的一天，他便带了一个女孩子来，进门就说："这是我爱人。"

她由衷地为他高兴。丈夫也乐呵呵地跟着他开心。她赶紧上街购回一块非常漂亮的挂毯送给他，补作结婚礼物。

新房布置得很漂亮，一看就出自他的设计，那块挂毯挂在客厅里，很有点艺术家的味道。

然而，挂毯还没落上灰，他们又离异了。

这一回他彻底绝望了。他对她和丈夫说："看来我只能过单身生活了。"他没有说那女孩子一句不是。

他依旧穿着那件旧毛衣，只是两只破袖子被拆掉后补织了一段不伦不类的颜色。

这是她留给我的唯一纪念。他苦笑着走了。

她决意要为他织一件毛衣。

丈夫说："这家伙对色彩挑剔得很，你得先问问。"

她就去问他。他呆呆地怔了好一会儿，才说："你，给我织毛衣？"

怎么啦？她尽量把口气放平淡："不相信我的手艺？"

"不不不，"他笑了，"我哪能挑剔你的手艺。我只是……其实也没什么。"

"那就告诉我你最喜欢什么颜色。"

他认认真真地想了很久，说："象牙色。"

她想不出象牙色是什么样的颜色，但还是点点头。

打这以后，她见商店就进去问，但得到的回答总是：没有。

这样一耽搁，三个月过去了。

后来她终于托人从上海买到了，那是一种似淡黄又似浅灰的颜色，透出几丝温馨。

她设计了几种样式，去问丈夫。丈夫说："我怎么都行。"

"又不是给你织，"她嗔怪道，但心却莫名地忽悠了一下，"我不是跟你说过吗？"

丈夫哦哦地应着，随便指了个花样。

不知怎的，她把已经绕成团的线又塞进了箱子，重新买线给丈夫织了一件，尽管丈夫早已有了好几件。

这样一耽搁，三个月又过去了。

到了秋天。她觉得他已经有很久没有来了。她想织好毛衣后再和丈夫一起去看他。

起了头，但总是织织停停，进展很慢，并且丈夫晚上在家时，她会自然而然地将"象牙色"放下，拿起别的毛线活儿。那时她已有了身孕。

织到一半时，她生产了。

孩子一落下地，便有千万件事情从地下冒出来。她和丈夫都忙得不可开交，丈夫胡子拉碴，头发如乱草，让她看着心疼。

光阴似箭似弹指似流水。

孩子已经蹒跚学步了。有一次，那只小手不知从哪里扯出一团线来，越拉越长，最后带出了那件织了一半的象牙色毛衣。

她顿生歉疚。同时也想起，他已经有很久没来过了。她赶紧拿出来织，又赶紧向朋友打听他的近况。朋友说，他早于几个月前申请调到甘肃敦煌去了。

她惊愕，他居然不辞而别。问丈夫，丈夫说："他曾到他单位来告别过。"

"为什么不跟我说？"她问。

"这家伙，是不是误会了你给他织毛衣？"丈夫半开玩笑地说。

于是她和丈夫很久不再谈到他。

突然有一天，他死了。丈夫告诉她时，眼睛红红的，连续抽了两包烟。

他夜里行路时，掉进了荒原上的一口枯井里。

在他留下的遗物中，有一封写给她和丈夫的信。其中有一段是专门写给她的——

我知道你一定早已将毛衣织好，可我不愿来拿，每次见到你，我最怕的就是你告诉我：毛衣织好了，拿去吧！为了这个，我索性不再来，也为了这个，我才不辞而别。自从你对我说，你要为我织一件毛衣，我就一直感到一种温情萦绕在心头。我总是想，在这个世界上，毕竟还有人在为我织毛衣。我不愿让这温暖的感觉中断。我最需要的不是毛衣……

她和丈夫赶去参加他的葬礼，带着那件不再能温暖他的象牙色毛衣。

草帽面

宋梅花

甘城的这个夏天，硬是热得古怪！

而这个古怪的夏天，也出了一件稀奇事：在甘城小学旁的一个小巷内，有了一个卖热面的，也就是普通的葱花肉丝面，可人人都说硬是吃出了上世纪六七十年代的老面的香味儿！每天晚上到了凌晨两三点了还有很多人坐在那里，吃的吃，等的等，不时有一些人来了，看了看前面那些等待的人，便习以为常地找个地儿，站的站，坐的坐，边等边聊起天来。这成了小城夏夜的一景。

这个推着板车卖汤面的小摊主。每天都是晚上十点准时来到这个小巷，板车车篷架上挂着一个写着黑毛笔字的小木牌儿：草帽面。小摊主的头上也时时戴着一顶草帽，生意再好，也没取下来过，一直到收摊儿。

不知不觉，巷边小摊排长队等面，在这个夏天已成为一种时尚。那些在酒馆茶馆吃多了喝腻了的客官们往往会相约一句："走，吃碗草帽面去！"卖面的师傅很奇怪，任你长队排到多少人，他还是不紧不慢，不吭不哼，一碗一碗仔细配料，他的面条不是超市里买的那种，而是那种加工的碱水面，一天就准备那么多面，卖完后，就轻轻说了一句："面没了！"后面的人一听说面没了，只是各自散开，毫无怨言。只等第二个晚上来早一点便可吃到了。草帽面好吃！香！比大闸蟹还香！且要去得早！草帽面出名了！

小巷有一个摆摊烤羊肉串儿的，看着草帽面生意火爆，很是羡慕，打听后得知草帽面摊主是个复员军人，曾在部队炊事班做过几年，厨艺不错。于是悄悄观察了好几天，暗自学艺，不久便也改做起热面生意来，亦美其名曰"草帽面"，并竖了一个广告灯牌做的招牌，让人还未进巷口便可看到大大的几个字。

小巷更热闹了，两家生意都好，烤羊肉串儿的摊主很高兴，做生意的谁不想赚钱，有好门路了就要跟啊！可时间只过去了两周，烤羊肉串儿的热面生意就差了起来，吃面的人宁愿排队也要等那个老摊的热面吃。烤羊肉串儿的纳闷了，他悄声拉住一个老吃面的人问道："为何他的生意硬是比我好，我的面条材料和做法都和他差不多啊！"那人仔细上下打量了一下他："你的头上没戴草帽啊！""啥？这？都是草帽面，戴与不戴有什么关系呢？"

那人望了望那顶"草帽"："关系大了！你知道吗？那人是个复员军人，曾是部队的炊事班班长，在一次抗洪抢险中差点被洪水冲走，被一块大石头挡住，才保住性命，可头皮却硬生生被揭掉了一块，再也长不出头发了，现在为了贴补家用，才晚上出摊卖面，很多人去吃面，除了他的面好吃，更多的是冲着他头上那顶草帽啊……"

三天后，烤羊肉串儿的老板又出摊了，不过不是热面，而仍是烤羊肉串儿，只是他身后多放了很多小塑料凳儿，很多吃面的人都可在他这儿坐坐，聊聊，渐渐地，羊肉串儿生意也好起来了。

杏儿青，杏儿黄

谭光华

夏日到来，我想，淮北的杏儿该黄了吧。那时，我们的勘探队驻在杨高楼村，村长的女儿就叫杏儿。我认识她的时候，她才是位十六岁的小姑娘，标准的青杏儿。

杏儿姓李，大名连根捣，就叫李杏儿。

那时，我与工友们就借住在杏儿隔院闲置的房屋里，因为杏儿长得像一位电影演员，我就喜欢盯着她看。有一次我出工路过她的家门，她正与同村的小姐妹们说笑，我就不由自主地停了下来，看她们说笑。说是看她们，其实我就是看杏儿，当着大家伙的面，将杏儿看得时间长了，她害羞了，责怪我说："你是大老爷们儿，哪兴这样盯着人家小闺女看的？"她这一批评，我脸红了，一齐上工的同伴们没好意思笑话我，可我一直到晚上脸都是发烧的，吃饭都心慌。

巧了，村里有一个杏园，是集体的。立夏之后，杏儿青青的，接着就慢慢变黄。这个时候，杏园就要有人看着了，不看着，像我们这样的馋嘴猫，还能不偷偷地打几竿子尝尝鲜？村长派别人看不放心，任务就交给了杏儿。杏儿看杏儿？可爱吧？真可爱哟！

我们勘探队的工友们都是年轻的小伙子，都没有女朋友，又来自四面八方，哪能像那么多的村民那样守规矩呢？若换个人看杏园，可能我们做“贼”的欲望还低点，因为杏儿长得好看，我们荷尔蒙正旺盛的工友们，不偷也得偷。因为去偷杏园，并不在乎里面的杏，而是能看到杏儿姑娘，我们的热血都在沸腾着。

月儿由东往西移，杏园一片寂静，我们扔一颗石子，投向快成熟的杏子。没打到杏儿，可却惊动了看杏儿的李杏儿。李杏儿就出来大声嚷叫：“谁在偷杏？不要装了，你们躲的地方我都看到了，给你留着面子呢，快快滚开！”我们都偷笑着跑了，虽说跑了，但并没有离开，而是躲在了杏园的另一头，重复地上演上面的一幕。李杏口气依然是那样厉害：连“姑奶奶”这样的词都用上了。可我们就是脸皮厚，依然是换个角度与她周旋着。我们的举动与其说是偷杏儿不如说是撩杏儿。直到下半夜，我们累了，才高高兴兴地回到我们的窝点。

杏儿青，杏儿黄，一年一年，我们的青春随着杏儿的青和黄不断地成熟长大。

终于有一年，我被上级调走了，要到城里总部工作。巧的是，我的调动文件下来的时候，却是在杏儿成熟的季节，但这时候不知道为什么村长不让杏儿看杏园了，换成了杨大爷。我们也为此失去了“偷杏儿”的兴趣。

明天，我就要走了，进城去了，工友们都祝贺我，可我却留恋着杏园，希望还能看到一次杏儿，再偷一次杏儿，让李杏儿再骂一回“偷杏贼”，享受一下被骂的愉悦。我偷偷地来到杏园，杨大爷不在，李杏儿可能在。我心里紧张起来。可是，杏园里一个人影都没有，怎么看，也都是那哗哗的杏叶在微风下摇晃，鲜鲜的杏儿在树叶下醒着，睡着。

忽然，我身边有了呼吸声，一回头，却见正是李杏儿。只见她捧着一兜新鲜的杏儿，用纱巾包裹着的，送给了我。她问：“你明天要走了？”我说：“是的。”我问：“你咋不看杏园了？”她不说话，眼望着空中的月儿。

“这杏儿不是村里的，是我家杏树上结的，你拿回去给你们工友们吃吧。”我还没有回答她的话，她又说：“你能到总部工作多好，前途无量。”说完，她头也不回地走了。

当我捧着李杏儿送给我的杏儿回到临时宿舍，分给大家吃杏子的时候，工友们却拿着杏子都不吭声，我问：“你们怎么不吃呀？”一位工友对我说：“知道不？李杏儿明天要出嫁了。”

我心里一酸，把包杏儿的纱巾，紧紧抱在胸前。

一直到现在，那条包杏子的纱巾还在我的箱底下藏着。

薄荷的邀请

田双伶

时令过了谷雨，她家门前的小园子仍是空空的、黄黄的一片，好像一位心情不好的妇人，板着一张蜡黄的素脸。

她的心情就很不好。怎么可能好呢？从那场婚姻中流落出来，她就病了，整日昏沉沉的，头晕，恶心，烦躁，失眠，黑苦的中药汤汁喝了一碗碗，也没减轻多少。

而邻家和她一样大的园子，此时已热闹闹喧腾腾一片了。春韭已割了好几茬儿，垄间的油菜日渐拥挤稠密，薄荷的嫩芽从惊蛰到现在都没停止过往外拱，一芽芽一丛丛地四处蔓延。她每次都心悸地看上一眼，等它越过边界的时候，就毫不犹豫地将它拔掉。

她端着一杯红茶站在园子里，晒着上午十点钟的太阳，看胖胖的邻家女人蹲在地里剪韭菜，看她腰间露出一道让人心惊的赘肉。她想，可惜了这么好的园子。怎么能种这些俗气的蔬菜呢？应该栽上一株蔷薇或是紫藤，让它顺着窗栏往上攀，藤蔓花枝垂下一簇簇小花，坐在花香里读书喝茶，多好。可是，从初冬搬到这里，她还不知道该怎么去栽种花木，园里自然是空空的，春风不度。

邻家女人吃力地站起身，看见她，隔着低矮的栅栏递过一把韭菜，说："前天下了场雨，就长这么快了，你也尝尝鲜。"

她的笑容掩起了不屑，说："谢了，我不习惯那味道。"

邻家女人笑呵呵地说："我家那口子呀，特爱吃韭菜馅饺子，每次包饺子他都能吃好多。"

她听了，无力地垂了眼皮摇摇头说："我头疼。"转身要回屋。

女人看她摇头闭眼痛苦的样子，说："你等等。"说完弯腰掐了几片薄荷叶，在指间揉碎，朝她伸过手说："来。"

她怯怯地将头低垂着伸过去，听话地让女人把那一团青绿涂在太阳穴上。瞬间，一丝清凉从太阳穴沁入鬓角，将她从混沌中缓缓唤醒。

真是奇了。她向邻家女人道谢。女人乐呵呵地指着地上的薄荷说："管用你就随便掐，掐了还会发的。"

天依然晴好。隔着栅栏，她细细看邻家的园子，西墙角扯的晾衣绳上，五彩斑斓地挂满了衣物，孩子的小衣褂，男人皱巴巴的衣裤，女人的花上衣，褪了色的床单被罩，一看就是含棉不高爱起球的化纤织物。邻家女人身上穿件松松垮垮的睡衣，端着红色塑料盆给菜浇水。屋里传出孩子的哭闹声，女人一边吆喝男人去哄孩子，一边叨叨着菜叶上怎么长了虫子。

她与邻家，只隔着一道木栅栏，却仿佛隔了世间的一层烟火。这样的俗日子，在她眼前，生动着美好着。

邻家女人指着地上那丛青绿的薄荷，唤她："过来摘呀。"

她一次次走进了邻家的园子。三片两片薄荷叶，就那么在指间一掐一揉一抹，一丝清凉，竟然让她的头疼一天天好起来了。

每到中午时分，隔壁的厨房里便传出有节奏的叮当声，继而爆油锅的嗞啦声。葱花的香气飘过来，她贪婪地嗅着那香气，觉得自己像个窥视的小鬼在吸纳人间的烟火。

屋里只她一人，静得很。她越来越怕这种静了。静，如一个无声无形的鬼，悄然藏在身旁，一丝丝吸纳她的元气。她将冰冷的咖啡壶、面包机、料理机，都收到柜子里，又去超市买了花围裙，在菜场买了韭菜、鲜肉和面粉，备全了调料，她想包回饺子，做个勤快妇人。往日冷清的厨房热闹起来。她笨拙地调馅、和面、擀皮，不一会儿，鼻尖上手臂上全是面粉，照镜子一看，自己都笑得不行。饺子煮熟了，她嘘着升腾的热气盛出一个尝，一下子烫了舌头嘴唇，泪都出来了。抹泪的这一瞬间她怆然失神：从前的婚姻，独独缺了这烟火气呀。自己做给那人吃的，什么鲜花沙拉、海鲜料理，即使那人爱吃的饺子包子汤圆速食面，煮的都是速冻食品。难怪那人苦笑着说，吃得胃寒，都成了速冻人了。婚姻就是这样冷下来的。原来想把恋爱时的浪漫情调带到婚姻里，如同把黄山的云雾装入坛子里一样不现实。

她将饺子煮好，小心地盛进保温盒，拎着出门，坐上公交车转过大半个城市。她要去送给那个人吃。

当她把饭盒端给那人，掀开盖子，她看到了一双黑眸闪出的惊喜，顷刻化为湿润。

她的日子开始活色生香。每天清晨，她步履轻盈地拎着篮子去菜场。回来后篮子里装满了新鲜的菜蔬、鱼和豆腐，米粮菜蔬在她的手中如花落花开。饭食做好装好，而后，拎着保温盒，坐上公交车绕过一条条街道，送到那人面前。洗手做羹汤，原来也是如此地幸福。她明白了以往朋友说她的那句话：再精美的瓷器，能有粗瓷大碗端在手里实在吗？

立夏过了五六天，那人和她一起回到家里。她牵着那人的手去看邻家的园子，欢欣地指给他看，却惊奇地发现：邻家的薄荷，竟然不管不顾地，已经在她家的园子里恣意丛生，串了一大片。以前她曾经想，等它越过边界的时候，就毫不犹豫地将它拔除。可是，这绿叶舒展的薄荷，谁能拒绝得了它呢？

她说："我们采些做薄荷茶，邀请我们的邻居来品尝吧。"

那人说："好啊。"

初夏的空气中，清凉的薄荷香气从她的园子里弥漫开来。

老街小面

王春迪

老街小面，老街人最喜爱的小吃。

貌不惊人的一道面，里头大有讲究。巴掌大的面团，要加一遍蛋、两遍水、三遍碱，九九八十一遍揉，直至面团柔润光滑，再将其抻好。有了年月的师傅手如杆秤，要几两全凭手抓，眯着眼都不差毫厘！面细，入锅不合盖，多用笊篱来煮，八分熟捞出，冷水凉过，长筷挑起，那面条根根细如银丝，条条绵如垂柳。

小面的卤，更是独特。卤汤里头配有鸡鱼虾肉。鱼，多用辫子鱼、黑鱼，正月的沙光鱼最好！所谓“正月沙光赛羊汤”，再浇半勺新鲜的海蛎子，滴点热辣油，温一壶老坛烧酒，边吃边喝，那味道，啧啧，说句不好听的，吃完面上枷子送你上路都值了！

老街上，平时跑腿抡膀子的苦力，给人缝补洗涮的婆娘，口袋里有了几个不用救急的铜板，就会带着老人孩子过来，给老人孩子弄碗面，自个儿带块干饼，向面馆孙掌柜要点卤子，一家老小这就算解了馋。

老街首富海爷也特好这口。时常，饭点一到，海爷对着府上一桌子山珍海味皱眉瞪眼，筷子拿手里，戳戳猪肘，点点螃蟹……而后咂咂嘴，筷子一扔，走啦！管家瞧见，不用问，立刻抄起海爷用的正德碗、牙骨筷，揣上紫砂壶、汝窑杯，捏点龙井、拎个酒壶，跟着走吧，海爷一准儿想吃小面了。

海爷吃面，总是先喝三口鲜汤开胃，再吃口面、续口酒，面吃完，碗里必留一口鲜汤。最后碗一抬，头一仰，缓缓低眉，胡须一捋，呼出一口热辣辣的白气。此时，再看海爷的脸，笑起来花白胡子都是一抖一抖的。

这天，面馆孙掌柜正拨着算盘，隔着几桌人瞅见海爷正往外呼白气，立刻从柜台里头出来，到门口候着，海爷的管家正欲结账，孙掌柜弓着腰作揖道："海爷，您老的账早有人结了。"海爷心想，必定是刚才哪位东家、掌柜，付账时，顺手把自己的面钱给付了。一碗面，不值几个钱，无需吆喝。平日，海爷他自个儿不吭声地帮人结了多少碗面，也都没了数。海爷遂转身，无论识与不识，贫富贵贱，跟在场的老少爷们儿抱了抱拳，道了声慢慢吃，抬脚就走。

身后，面馆的伙计将海爷用过的碗筷碟壶规规矩矩地收好、洗好，一会儿由专人给海爷送府里去。

此后，隔三岔五，海爷又来吃了几次小面，回回都被人预先结了账。海爷忍不住问孙掌柜：“谁啊这是？”孙掌柜说：“我也不认识，这人浓眉阔脸大胡子，行事像生意人，说话像镖师，身板像土匪，来时吃了碗面，狼吞虎咽地拨到嘴里，喊了声好，就是这个味儿！而后就向我打听您，边说，边扔了两块银锭给我，说海爷这辈子的面钱，他都包了。”

海爷纳闷了：“多新鲜的事儿！哪有光给人掏银子不留名的？”

孙掌柜作揖道：“海爷莫怪，江湖水深，人家不说，咱也不好问。要我猜，定是海爷您早年积德，人家不便留名留姓，暗中报您的恩来了。”

海爷微微一笑：“哪有报恩报到面馆来的？”

孙掌柜笑道：“那可不一定！早年您在这儿吃面，看到有人拖儿带女地要饭逃荒，您哪回不顺手买碗面给人家？保不准，那人就是当年被您救过的孩子。”

转脸，海爷扔了块碎银子给孙掌柜：“他再来，就说好意我心领了。我吃面，让别人付钱，这样的面，我吃不香！”

孙掌柜将银子捏在手里，眉毛皱成一条线，不知咋办好。几天后，孙掌柜又碰见海爷，赶忙笑脸相迎道：“海爷，那位爷又来了，我把您的话照实告诉他，他那脸沉得像块黑秤砣，愣说您不给面子。您看这事……”

话音未落，海爷哈哈一笑。“这人有点意思。”海爷笑道。

这样好了，海爷说：“今后，我来吃面，面钱我照给。他的那份心意，你就记下来，贴到墙上，我吃一碗，你就贴一张。将来，若有老幼病残孤儿寡母的流落到这儿，你就撕一张，替我给人家下碗面。如何？”

孙掌柜点了点头，弓腰拱手，佩服不已。这事，很快传遍了老街。渐渐地，越来越多的人吃小面时也学海爷，吃一碗，付两份钱，那一份贴墙上。墙上的纸片，不断有人撕，也不断有人贴，天长日久的，纸片不仅没少，反而密密麻麻的，越来越多。

如今，当年的面馆早已消失。那时的小面，传到今天，也变了很多味道。唯有这个吃面的故事，连同那些鲜活的人物，在老街百姓的嘴里津津乐道，代代相传。

那夜，你推了我一把

王茂成

事情的起源，是从那个月夜开始的。

那夜，蹲在河堤上的男人们，在给稻田放水。河对岸的杨树林，黑黝黝的，河边的芦苇丛，在凉丝丝的夜风里发出“唦唦啦啦”的响声。

郑老五说：“玉好兄弟，你不善熬夜，我河东的那块旱田换给你，咋样？”

卢玉好把烟头塞在鞋掌下，使劲拧了又拧，说：“月亮、河风，还有大家伙都为我作证，我卢玉好今夜决定，就用我这块水田，换他郑老五河东的那块旱地。咱男子汉说话，不好反悔！”

郑老五说：“谁要反悔，死时不剃头，不净面！”

说话间，河对岸的树林里，突然传来似人非人的哭泣声，那哭泣中带着悲恸，悲恸得一声紧赶着一声，一副上气不接下气的样子……

郑老五大叫："对岸的，你是人是鬼呀？"

对岸没了声音。一时大家悄悄地议论着。不一会，对岸哭泣又起。

郑老五胆大，卢玉好心细。两人拖起屁股下的铁锹，绕过邢马河大桥，悄悄地摸进杨树林。离那哭泣声越来越近，郑老五推了一把卢玉好，示意他不要靠近。迷信的说法是，这样，恶气就不会冲到他卢玉好身上了。

郑老五靠近了，那怯人心窍的哭泣声依然不断，却不见一丝的人影子。看来，那一定是什么怪物无误了。郑老五扬起铁锹，奋力向那发出声音的地方铲去。那哭泣声戛然而止了。卢玉好细心查找，只见芦丛边上，躺着一只死去多日的黄鼠狼，再无他物。

事有凑巧，不久，两人都得了一场病。卢玉好重感冒，郑老五却得了不治之症。

卢玉好虽不迷信，但事后，心里还是很感激郑老五那晚推了他一把。

两家水旱地互换之后，很快就被政府登记入册。红本本也送发到户。

卢玉好常去看望郑老五，诚心实意地劝他："五哥，你还是住医院去吧，你的病说不准能治好呢。"

郑老五忙着给一群鸭子喂食，很豁达地笑笑说：“玉好弟呀，我临走那天，你要细心帮我净面，剪头，我到那世，就偷偷在阎王簿上把你的名字抹去。”卢玉好苦笑笑，他想起那个月夜，老五哥推了自己一把，一时伤心得就有些想哭了。

世事如风，变幻莫测。卢玉好换下的那块旱地突然被政府规划成了建设用地，看来，老村庄拆迁只是件迟早的事情了。

郑老五脸黑了，他找到卢玉好说：“我死了不能留块心病给儿子，你还种你的水田，我还种我的旱地。”

卢玉好很为难，说：“当初是你主动的。我儿子大了，也缺宅基地呢。”

郑老五霸道地说：“那是你自己的事。就转脸走了。”

谷雨那天，郑老五蜷缩着身子，艰难地昂起头来。他坐在那块旱地上，指挥着拖拉机耕作下种。

卢玉好知道，郑老五这是仗着自己亲兄弟多，对自己活掐活拿了。

无奈，他拿着红本子，去了一趟镇政府。镇政府很快派人制止了郑老五的非法行为。

郑老五当晚去了卢玉好家，砸坏了他家的锅碗瓢盆，算作了事。

卢玉好没有深究，依然默默地忙着家里家外的事务。周边有人要过世了，一个电话，他就去帮助净面打理，穿衣正冠，让死者在人世间留有最后的尊严。

那天，郑老五的儿子，一进大门，口水一亮，就落在门里的地上了，他憨笑着对卢玉好说："我大想让你去帮他剃头、净面哩……"

卢玉好低头系鞋带子，手有些抖，很长时间也没有把鞋带子系上。

有人给郑老五的儿子出主意，他卢玉好不登门，你就到镇上拜铺子去。

郑老五的儿子刚走出门槛，卢玉好就进了院子。

早已瘦成了一副皮包骨头的郑老五，现在蜷伏在床沿的扶手上，沉重的脑袋，重重地垂落在那一双形如枯柴的手背上。他听到卢玉好的声音，努力地抬起头来，一副失神的眼光里充满了悲怜。他嘴角抽搐了一下，想对卢玉好说些什么。卢玉好示意他别说话费神气，自己小声说："五哥，你想说的，我都知道。这是我写好的一份换地保证书，从今天起，你家还种旱地，我家还种水田，你儿子头脑不灵泛，你比我难啊……人就是个怪物，大难面前，你推我一把，可遇着那指头大的一块时，我俩却相争起来。嗨，这做人啊，就是财如命，命如狗屎！”

郑老五使出浑身力气，双目睁成两只欲落的卵蛋，抖抖地捧着那张纸，头一沉，就磕在扶手上了。

期待

王念平

每到周二的下午五点三十分，那个老人就准时出现在思念餐厅，像以往一样，点一盘炒空心菜，一斤多水饺，水饺要求分两只碗盛着，一碗给自己，一碗放在桌对面的空位上。服务员把水饺和炒空心菜端上桌后，老人并不马上动筷子，只是静静地看着两碗水饺作沉思状。两只碗，隔着一盘炒空心菜对摆着，就像两个人，面对面，互相凝视着彼此。更奇怪的是，吃饺子的时候，老人总是边吃边用手帕擦眼泪。似乎心里有说不尽的惆怅，道不完的话。老人给餐厅的员工们留下了深刻的印象。

来的次数多了，大家开始猜测老人和他放在对面的那碗饺子背后的故事。大多数人的结论是：老人和他的老伴以前一定吃过很多苦，好不容易养大了儿女，而今生活总算好起来了，但老伴却突然撒手人寰，老人于是就以下馆子“请”老伴吃饺子的方式来寄托思念之情。老人之所以请老伴吃饺子，是因为老伴活着的时候，饺子是她最喜爱的食物，不过因为要抚养儿女，老伴舍不得吃，只有逢年过节才能吃上一次。至于老人为什么选择在每个周二的下午五点三十分来餐厅“请”老伴，原因更简单，那是因为这一天的这个时间点是他的老伴离开人世的时刻。

又是一个周二的下午五点三十分，老人准时来了。照例要了一盘炒空心菜和一斤多水饺，分两碗盛着，老人一碗，对面放一碗。沉思过后，老人吃一会儿饺子，就开始用手帕擦眼泪了。大约三十分钟后，老人吃完饺子，让服务员把对面那碗饺子给他打了包，提着，颤颤巍巍地走出店门。

老人刚一走，大家又开始议论开了，都在为世界上有这样深情的男人、有这么忠贞的爱情而感慨。

但是，近来一直闷声不响、萎靡不振的大张，今天却一脸鄙夷地开了口：“你们不觉得搞笑吗？你们以为这个世界上真有忠贞不渝的爱情吗？哼！谁信！”

大家说：“当然有了。你看那老头对待自己离去的老伴，多么忠诚，多么感人，这难道不就是一个生动鲜明的例子吗？”

大张翻了个白眼："净瞎扯。你们看看我，就是一个鲜活生动的例子。我好歹算个模范丈夫，每天早上给我老婆做早餐打洗脸水，晚上给她洗脚暖被窝，把她像花朵像月亮一样捧着，可到头来人家还不是嫌弃我买不起大房子，眼睛眨也不眨一下就跟我说拜拜了。你们说，这个世界，还有公平和天理吗？哼！忠贞不渝的爱情，那是水中月镜中花，我才不相信。"

大家这才记起大张的老婆几天前跟他离了婚，他是在借这事发牢骚呢。

大张继续发表高论："在我看来，那个老头的行为本身就是一个暗喻。他每次就餐时留在对面空位上的那碗饺子，其实就是在祭奠他那早已死亡的爱情。可以想见，就在N年前的某个周二下午五点三十分，老头和他的老婆在某家餐厅以吃饺子的方式，来了个好聚好散，他们的爱情、婚姻，也就是在那天的五点三十分正式走进了坟墓。"

听着这极富想象力的推论，大家面面相觑，无言以对。

一年后的一个周二的下午，到了五点三十分的时候，大家的目光齐齐地望向餐厅的大门。像在等待一个什么重要人物，或者老熟人的光临。

今天的五点三十分，那个老人终于没有来！快两年了，大家对他的一举一动都已经习以为常了，可是老人今天的突然缺席，让大家心里有一种说不出的滋味，失望、落寞、哀伤。总之，五味杂陈，难以言说。

“哎，你们说，那个老人下个周二还会来吗？今天看不到他，倒是怪想的。”大张说。

“世事沧桑，人事难料，也许那个老人已经……”有人没有把话说下去。

“不可能的！那个老人也许是生病了，他今天一定很想来这里‘请’他的老伴吃饺子呢！”大张忽然提高声音说：“我对不起那个老人！我感到非常惭愧，我说我不相信爱情的那些话，我今天要把它们收回来。我承认，我的那些话都是瞎猜想、乱推理得来的歪理。唉！真希望那个老人没有什么事，每个周二能继续来这里，哪怕来坐坐也好。”

就在一个月前，大张找到了真爱，而且闪电般举行了婚礼。现在，他的精神看上去非常好，脸上常常挂着笑容。大张的话，此刻何尝不是大家共同的心愿与期待？

那个老人，此后再也没有来过思念餐厅。

“也许，那个老人下个周二就会来吧。”有人说。

“是啊，哪怕来坐坐也好。”大家说完，一齐把目光定格在老人常坐的那张桌子上。

鉴宝

王平中

张先生是乐至县城一个古玩鉴赏家。

张先生面目清瘦，两只小眼睛时常半眯着，似睡非睡，一旦那里面射出的两束光灼停在某个玩物上，那个物件肯定价值不菲了。然后，张先生就会告诉那个玩家，他淘到的玩物是哪个时代的、有何特色、价值多少。

刚开始时，一些玩家对张先生的话半信半疑。张先生说，你若不信，可另请高明。我若走眼，百倍赔偿。张先生鉴宝是要收费的，鉴一次宝，收十两银子。百倍赔偿，岂是闹着玩的？那些对张先生鉴赏的古玩还半信半疑的玩家，悄悄地到省城甚至京城找鉴宝大师核对，结果结论不差分毫。于是，张先生名声大振。

淘到宝的玩家，找张先生鉴宝时，大气不敢出，紧张地盯着张先生那两只半眯着的小眼睛。如果里面半天没有闪出亮光，顿时脸色苍白，瘫在地上；如果看到里面亮光灼在玩物上，便是满脸喜色，欢呼雀跃。

闲暇时，张先生也常到小城古玩市场走走，看能否“捡漏儿”。

这天，张先生在古玩市场看到一位年轻人，手中捧着一只九龙杯。年轻人穿得不新但很整洁，眉宇间透着一股英气。张先生认识他，他是小城里一名落魄书生。

张先生从书生手中接过九龙杯，有人就跟着凑了上去。只见整个杯体由九条龙装饰，一条龙头部伸到杯底，尾部伸出杯口并弯曲为杯把，另外八条龙组成四对，每对一条头朝上，一条头朝下，头朝上的四条龙头伸到杯口内呈喝水状。张先生两束眼光在九龙杯上来回移动了良久，却没有半点亮色。

书生见状，有些急了：“这是我父亲留给我的，说是祖传之宝。我进京赶考缺少盘缠，实在没有办法，才拿到市场来卖。”

张先生闻言，那两只半眯着的小眼睛又仔细盯在九龙杯上，慢慢地射出了亮光。他一手托着九龙杯，一手指着说：“这九龙杯乃宋朝御用杯，只可惜杯把有损，才流落民间，但价格大大打折，我出银百两，你看如何？”

书生连忙点头：“行，足够我进京赶考的盘缠了！”

等书生走后，有围观的玩家对张先生说：“听说御用九龙杯是纯银制作，这个却是陶瓷的，做得虽然精巧，但仿造假冒的可能性太大，价值还不到十两银子，只怕你这次看走眼了哦！”

张先生依旧笑笑说：“物归识主，物归识主！我看中的宝贝岂止是这个九龙杯啊！”

玩家被张先生的话弄得云里雾里，想要再问，张先生已托着九龙杯回自己店里去了。

几个月后的一天，小城突然流传着一个消息，那位书生在京城高中状元。玩家们这才悟出张先生话中含意，不由得竖起大拇指连声称赞：“咳，真不愧是鉴宝高手！”

两年后，那位在京城做官的状元回到了小城，找着张先生要用万两白银赎回他那只九龙杯。

一万两白银呀！小城玩家们睁大了眼睛。

“你任翰林院修撰才两年，就发财了啊！”只见张先生捧着九龙杯，那两只半眯着的小眼睛在上面东瞅瞅、西瞅瞅，又在状元身上东瞅瞅、西瞅瞅，脸上似笑非笑，突然手一松，九龙杯“啪”地掉在地上摔了个粉碎。

“这个九龙杯就是个赝品，值不了多少钱，我原来看走眼了，碎了也罢！”张先生说完，返回屋中。

从此以后，张先生不再鉴宝。

对面的碗

王若冰

坐在餐桌前，面前又是已盛满米饭的碗。碗面上是一只腾飞的金色凤凰，金色边缘，与凤凰交相辉映。骨瓷，薄，剔透，泛着凝白的光芒。小路凝神，她从来没有见过如此精致的碗。

老人将一块牛肉放到小路的碗里：你尝尝，这是我小火三个小时炖出来的。

老人的话听起来漫不经心，似解释，又似自言自语。

小路的眼睛湿润了。她想起已过世的母亲。母亲短暂的一生都在与贫穷和命运抗争。还没能等到小路大学毕业，母亲就永远地走了。她曾经答应过带母亲去看天安门，去看长城的。那一刻，小路才深刻地感受到“子欲养而亲不待”的痛悔。

小路与老人相识于偶然。那天，她到这座楼里看房子因租金太高而放弃。高楼之外的天空，秋阳浓厚地飘散在窗外。落叶纷纷扬扬地在楼距间飘荡。她想起家与父母，想到在都市里打拼的艰辛，不由落泪。

老人就是在那个时刻出现的。她穿着考究、面容慈祥。在听到小路要租房的时候，她笑着说："要不，你看看我那房子是否满意？"

说罢，老人并不等小路的回答，径直走向电梯对面的门。那扇深棕色的门一打开，房子内部就展现在小路的眼里了。她一看，刚迈进的一条退又缩回来，很不好意思地对老人说："阿姨，我还是不看了。我，租不起。"

老人一把拉住她的胳膊："先进来看看吧。"

房子是中式风格，含蓄婉约中透着特有的美感。墙上挂着山水画，客厅的博古架上，摆满了各式各样的碗。美术系毕业的她非常喜欢这样的风格与氛围。

可是越看就越觉得是在做梦。

老人说："两个房间，一个朝南，一个向北。价格都是一个月六百元，你挑。"

小路不敢相信自己的耳朵，这可是黄金地段啊！

老人笑着说："价格便宜是因为我有要求，你每天下班回来都得帮我带一瓶牛奶。"

小路听后，感激地说了无数声"谢谢阿姨！"。

搬入的第二天下班，小路发现老人坐在餐桌前，对面摆放着一只盛满米饭的碗。老人不经意地说："我的朋友原本要过来吃饭，结果临时有事来不了。要不，一起吃？"

小路不好推辞。闲聊中，她得知老人退休前是美术学院教授，老伴病逝多年。女儿已定居加拿大；对儿子，老人却一带而过。此后，小路注意到，每次谈到儿子，老人的脸上都会掠过一丝不易觉察的表情。

时光如沙，一晃，小路已在老人家里租住半年。

因为忙，她下班的时间并不固定，跟老人的交流也很少。可每次到家，她都会发现老人坐在餐桌前，就像在专门等她。小路注意到面前的那只碗，每次都不同：带凤凰的，印孔雀的、玫瑰花的、梅花盛开的、水中睡莲的、绿竹的、菊花朵朵的，精致考究，又颇有情趣。若不是亲眼所见，她根本不相信这是一个七十岁的老人所为。老人似乎看出了小路的疑惑，笑呵呵地说："我那些学生和朋友都很有个性，喜欢用不同的碗吃饭。"

小路听后，虽依旧不解，也并没太放在心上。

小路时常出差，她已经很久没有与老人一起吃晚餐了。这天，她出差回来是下午三点多。进门后，却听到了老人房间里传出的抽泣声，那声音里夹杂着刻意压抑的悲凉。她一惊，老人压抑的哭诉声声传来：“老伴，要不是等林子出狱，我真想快点去找你啊！你是省心了，留下我一个人青灯孤影相伴。我做梦都怀念一家人在一起吃饭的情景，哪怕一句话也不说，心里也觉得有家、有人的温暖。我每天看着对面那只饭碗，都觉得是你或孩子坐在那里跟我一起吃饭一样。”

小路震惊，她悄然退出房门，坐在与老人相遇的楼梯口，心情异常沉重。直到华灯初上，她才进门。她发现老人已坐在餐桌前，表情凄凉。

“阿姨，我想跟您商量件事儿。”

老人抬头看着她：“你，要搬走？”

“不，我很喜欢您做的菜，更享受跟您一起吃饭的感觉，就像跟妈妈一起般。她去世五年了，我每天晚上都能梦到她。见到您，我觉得很亲切，我想像对母亲那样，有时间能陪陪您，以弥补我自己的缺憾……”

话还没有说完，老人颤抖着站起来，双手把她搂进怀里，泪水长流：“孩子，谢谢你！”

特定单双号

解英

张轲、洪婷同岁，六十大寿一过，夫妇双双退休。

退休后的日子轻松自在，不必早出晚归，刷脸坐班，也不必掰着指头算计二十天的年假。姑娘儿子都成家了，不用他们操心。

一日，洪婷抱了个地球仪回来，拖鞋还没换就喊："旅行去！"

张轲放下《徐霞客游记》说："好呀，你想去哪儿？"

去哪儿玩儿洪婷可没想过，立马被问倒了。她围着地球仪转了两圈儿，踮起脚尖摆了个芭蕾舞造型说："咱赶个新潮，摇到哪里去哪里。"

张轲笑道："你摇，你向来手气好。"

洪婷屏气凝神，小心翼翼地用食指一戳，老两口的眼珠子便跟着地球仪嗖嗖飞转。

尘埃落定——意大利。

女儿听说后，差点笑岔气，大叫："老小孩儿，老小孩儿！"

儿子额头青筋暴跳："荒唐！幸亏是欧洲，要是摇到百慕大，上哪儿捞你们去？"

老两口越玩越疯，六七年的光阴，一闪而过。这次从南美旅行回来，洪婷病倒了，张轲也是周身不爽。去看医生，医生沉思了片刻，望着窗外红艳艳的枫树，字斟句酌地说："秋季的枫叶，风和日丽时美得醉心，但稍有寒流，即便一阵轻风，瞬间面目全非。"老两口顿时明白了，奔七十的人了，身体再好心气再高，也不该逞能了。

回家途中，两人去了超市，面对琳琅满目的商品，却没有购买欲望。踟蹰半晌，洪婷说："要不咱兵分两路，各自买喜欢的东西？"

"嗯，好主意。"张轲嘴角上翘，推着购物车直奔货架。

购物筐汇拢到一起时，区别出来了。洪婷装了半筐甜品，张轲的筐里是鱼肉菜蛋米面。张轲收拾着东西，笑着说："都啥岁数了还贪嘴，老馋猫。你说说，夫妻和美的标志是什么，怎么衡量？"

洪婷想了想，指着不远处的服装柜台说："那里有尺子，咱去量量？"

张轲笑喷了，差点儿没站住。

老两口依旧旅行，范围限定在了国内和周边国家，日程也大大缩短。也照旧自己买菜做饭，只是篮子里的食材日见减少，餐桌上的剩菜日见增多。姑娘儿子瞧着心疼，商量着请个阿姨帮忙。洪婷当即拉下脸，气呼呼地吼："我们有那么老吗，要请人伺候。"

可一日三餐的采买洗涮，终归劳累辛苦。张轲挠着光头说："懒得做饭时，咱们去餐厅。"

这事儿洪婷也想过，现在老头子提出来，立刻翘起拇指。

几顿饭吃下来，两口子吵翻了脸。孩子们知道后匆匆赶来，问了半天才明白，爸妈是为去哪家饭馆、吃中餐西餐还是日餐，各持己见，寸步不让。

兄妹俩听了，笑了个痛快后，皱着眉头悄声问："老小孩儿要脾气更愁人，吃饭这事儿又不能靠摇地球仪，总得想个办法。"

洪婷眼珠子骨碌碌转了几圈儿，一拍桌子道："咱借用交通规则，实行单双号，你爸的生日是单号，我是双号，打今天起，外出吃饭，单号我跟他走，双号听我指挥。”

张轲先是一愣，随即大笑：“行，成交！”

兄妹俩大眼儿瞪小眼儿，没料到烧断脑筋的事，不费吹灰之力解决了。

举手表决时，张轲来了问题，问妻子：“要是单号我没胃口，拿不出主意，岂不亏啦。”

“可以交换嘛，这次你的单号我用了，下次我的双号归你。”

一语定乾坤。

兄妹俩凑近老爸小声嘀咕：“老妈以前挺严肃的，现在这？”

张轲挤眉弄眼对孩子们耳语：“你妈呀，越老越精怪诡异，我揣摩，妖精老了就这德行。”

三人笑瘫。

洪婷没笑，起身拿来了纸笔，扬着脸说：“立字据。”

雪白的纸张上，张轲写“单”，洪婷写“双”，女儿写“号”字，儿子挥毫落下浓重的感叹号。

单双号！字体大小不一，笔锋也不中看，一家人却是怎么看都觉得顺眼、喜庆。

甜豆花，咸豆花

闫玲月

她为他端来了一碗豆花，白白的，滑滑的，甜甜的，之后就把身体埋在沙发里继续看她的电视连续剧。

他盯着豆花，懒懒地拿起小勺，一口口吞下去，甜得嗓子里发腻。

她正看得津津有味。

他点燃一支烟，呛得她咳嗽起来。

“怎么开始吸烟了？”她眼睛一翻。

“太腻了，换点口味。”他轻轻答。

辣辣的烟草味让他陶醉，仿佛又品到了两年前的豆花。

那是个雪花漫天飞舞的早晨。在一个只有四张桌的豆花小吃铺里，他是第一个顾客。

他跺着脚，搓着手，要了碗豆花和两根油条。一双细滑白皙的手端来了一海碗热腾腾的豆花，上面滚着红红的辣椒油。顺着这双手，他看到了一个姑娘笑盈盈的大眼睛，眼里的微笑驱走了他满身的寒意。

或许是太饿，他狼吞虎咽地吃起来，额头上不断冒汗，眼角也淌出了泪，嘴里不停地发出啧啧声。

姑娘咯咯笑着对他说："慢点吃，看你辣得。"她顺手递给他一条白毛巾。

他边擦边说："没想到北方的豆花是咸辣味，我们南方的豆花是甜甜的。"

姑娘睁大眼睛说："还有甜豆花？真想去尝尝。"

他摇头说："冬天还是吃你这豆花够味，感冒都治好了。"

顾客渐渐多了起来，姑娘在小小的铺子里忙碌着，粉红色的毛衣裹着丰满的身体，宛如严冬里的腊梅俏丽绽放。

他每天都穿过马路来这里吃豆花，每次姑娘都给他递过来一条干净的白毛巾，散发着淡淡的皂香。

公司派他到这个小城开展业务，跑完业务后他就来铺子里坐坐，慢慢和姑娘也熟识了。姑娘母亲早丧，下面有个弟弟还在上学，为了减轻家里负担，高中毕业后就开了这个铺子。因为父亲还在别处开着电器修理部维持一家生计，平时只有她一个人打理铺子。

姑娘不忙时就为他沏一杯热茶，然后拿出编织针坐在那里织毛衣，编织针在姑娘的手指间灵巧地穿梭，他镜片后的眼睛也在姑娘的手上身上游走。他给她讲跑业务的辛苦往事和南方的美景美食。姑娘听得入迷时就抬头望他，他笑着逗她说干脆以后嫁到南方好了，既享眼福又饱口福。姑娘羞红了脸，像红红的炉火，烧得他全身发热。

两团火燃烧了寂寞的冬夜。他俯在姑娘耳边说："你就是我百吃不厌的豆花。"姑娘紧紧贴着他的胸膛说："那你就吃一辈子我的豆花吧。"

整个冬天，他被豆花裹得有些透不过气，他盼着春天早点到来。

春天来了，他像候鸟一样飞走了，只不过他的迁徙方向是由北往南。

他穿着姑娘亲手织的毛衣，带着姑娘做的一保温瓶豆花，载着姑娘的体温和余香踏上了返程的列车。他发誓说会回来接走姑娘，带她去南方圆梦。姑娘的大眼睛水汪汪亮闪闪的，照得他不禁打了个寒战。

列车还没到站，他迫不及待地脱去了厚重的毛衣，这边的气温太高了，他换上了短袖衫。吃了一半的豆花也酸了，他连保温瓶一同扔进了垃圾桶。

回到南方的日子里，他又吃起了甜豆花，还恋上了如豆花一样甜腻腻的江南女子包括她的嫁妆。

每天吃着甜豆花，他突然感到味觉麻木了，吃什么都索然无味。他是多么强烈地渴望再吃回辣辣的咸豆花。多少个梦里，一碗碗咸豆花幻化成姑娘的一张张笑脸围着他飞转。

在一个飘雨的傍晚，他终于回到了阔别两年的小城。烟雨中他怎么也找不到当年的豆花小吃铺，细细辨认后才发现那里已经醒目地鹤立起一家大酒楼。他失望地走着看着，附近一家同名的小吃铺子让他眼前一亮。

他犹豫地推开门，迎面走来的老太太问他要点什么，他点了豆花。

见店里人少，他就同老太太打听原来那家豆花小吃铺的去向。老太太告诉他那个豆花小吃铺的姑娘把铺子盘给她后，一个人带着孩子去南方找什么甜豆花了，还莫名其妙地恳求她一定要保留豆花小吃这个铺名呢。

老太太端来一碗白白的豆花就到后厨忙去了。他抖着手送进嘴里一勺豆花，什么滋味都没有，他又放了一大勺辣椒油，再吃一口，顿时泪流满面。

一只羊其实怎样

杨瑞霞

生命在经历了那么漫长的一个过程之后，总会为我们保留一些什么。对于我来说，我的生命就无意中为我存留了一些印迹，一些人或者事情。另外，还有一只羊。

在我七八岁的时候，家里有过一只羊，是一只绵羊。

它肯定是在很小的时候被买来的，可我完全不记得它小时的样子。在我的印象里它是一只很大的羊，它健壮，肥硕，高傲，沉稳，一副成年人的模样。在我小的时候，我分不清一个人和一只羊有什么本质上的不同。我把它当成是家里的一口人，而且是一个大人。现在想起来，当时犯了同样常识性错误的不光是我，还有我的父母，他们肯定是把它当成了我们。还有我的哥哥们，他们把它当成了什么？是不是当成他们自己了呢？当时粮食很紧张，父亲四十二元钱的工资，要养活全家六口人。在这种情况下，一只羊能长成那样的特例，除了一家人——当然包括羊在内——的相濡以沫之外，似乎不可能再有别的什么解释了。总之，那只羊是在那样一个错误的环境下长大，结果便是它也跟着犯了一个更大的错误：它从来就没把自己当成是一只羊。

对于我们中间一些不曾亲自与羊一起生活过的人，对于羊的认识往往来自于听到的童话。在那个世界里，羊永远是弱势群体，它所代表的特性是柔弱，善良，逆来顺受且又无话可说。而当一只羊真正与我们的生活发生关系的时候，往往已改变了原本的样子，变成了肉的形式，这样它便永远都失去了表达的机会，我们便永远都无从得知一只羊想说些什么。而我家的这只羊，在我的思维定式尚未形成时走近了我，我没有那些现有的经验，所以我觉得它所有的作为都浑然天成，非常自然。

首先，它决不逆来顺受。当然，如果确实是它错了，它会沉默着听你教训；可是如果错的是你，是你无缘无故地欺负了它，它不会善罢甘休，用现在的话说，它是一定要讨个说法的。记得有一次，我二哥牵着它去地里吃草，二哥当时的思维还沉浸在头天晚上看的电影里，他捡了一根棍子，做出打它的动作，绵羊当时发了一下怔，不知它头天晚上是不是也和二哥一起看了那场电影，它把头一低，义无反顾地冲了上去。二哥见它来势凶猛，吓得转身就跑，它在后面奋力直追，一直追出三四里地，最后二哥向它举手投降，它才和二哥和好。

还有一次，邻居家的小伙子在手心里放了很小的一点干粮渣，然后非常夸张地招呼它。它不想辜负别人的好意，走了过去，等它弄明白发生的事情，它选择了轻蔑地离开。在离开的过程中却又出乎意料地转身给了正在得意的那人一个教训，使他记住了捉弄一只羊会得到什么样的报应。

同样它的行为也导致了围观者的一片大惊小怪。是呀，一只羊怎么可以有这么强的自尊心呢，一只羊怎么可以这么张扬自己的个性呢。

其实这只羊让人觉得它不像一只羊，不仅仅在于它有个性，还在于它有很强的责任心。在一个风雪交加的夜晚，一向沉默的它突然放声大叫，低沉的声音表达着一种焦虑。父亲出门一看，原来大风吹开了院门，家里刚买的半大山羊跑出了院子。是大绵羊的警觉使家里避免了一笔不小的损失。

另外还有它的聪明。它的聪明不但让幼时的我觉得非常神秘，即使到今天，我还感觉到几分怪异。有天中午，我妈有事出去，把羊关进了羊栏，还在羊栏的出口处挡了一块菜板；把我关进了屋里，然后锁上了院门。和羊单独相处的时候，我从不敢擅自到它跟前去，所以我一个下午没有出屋，后来大概羊和我一样等得不耐烦了，要不就是它想知道我一个人在屋里做些什么，只听哐啷一声，羊牴碎了菜板，自己把自己放出来了。然后它直奔房门，用头一下下撞门。我知道它是过来找我了，我当时的反应是赶紧找个地方藏起来，于是我撩起床单，钻到了床下。过了一会儿，听不到撞门声了，我从床下探出脑袋朝外张望，忽然看见大绵羊正把前腿搭在外面窗台上，伸着头朝屋里张望，可能是它的脸太长了，影响了视线，它竟然把头侧过去，用一只眼紧贴窗玻璃。所以它的姿势和表情看上去都格外地怪诞。我在这只羊的窥视下绝望地哭了起来。

当初买这只羊，肯定是要养大后卖掉补贴家用的，可它的种种不同凡响让它一次次拖延了离家的时间。然而一只羊的最后结局总难摆脱，那是它的宿命。而对于我来说，与它相处的经历，则是一种缘分。我想，如果有一天，我碰到一只羊，它非常体面地走过来，用流利的汉语或者英语同我打招呼，我会很自然地同它交谈，而且一点都不会觉得奇怪。因为在我很小的时候，我就已经知道了，一只羊其实是怎样的。

一根火柴

叶骑

我独自站在这广袤、寥廓的雪域之地，雪花如落下的松叶漫天飞舞，淹没了足迹，隐去了生机，空留一片彻骨的银白把大地冻结。

但即或如此，多年前，我仍能在这土地上分清兔子的粪便、辨出百米外獐子啃食地衣发出的碎响，而今天，我孤独地站在雪地，再也闻不出故乡烟囱里散发出的炊烟。

是的，我不得不承认，一个年迈的猎人，迷失在了他曾经无数次穿行过的土地上。

我开始整理身上的物资，背包里食物充足，这些肉干足够我撑上三天。但就在检查包底时，我不幸地发现，一道豁口撕开了背包，自己唯一的一块打火石再无踪影。

我浑身一紧，一股寒意顿时从四肢散入身躯。我急忙搜寻外衣的口袋，里面还有一盒自己用来点燃烟斗的火柴，但在盒子打开的瞬间，我立即陷入了无尽的暗夜，里面仅有一根火柴。

我瘫坐在无垠的雪地里，绝望地发出咒骂。我痛恨自己的老去，不辨东西。我痛恨命运的刻薄，在这存亡的关头夺去救命之物。难道冥冥之中，这就是一个老猎人无法脱逃的宿命？

然而，我却无意就范。

我是一个猎人，一个以山林为家的乡巴佬，生存或者死亡是我一生不曾回避的问题，我们或将苍老，枯竭的躯干也终将交还给这片挚爱的土地，但却从来不是一个向天乞怜的可怜虫。

天色将晚。我用树枝在雪地里搭了一个简易的帐篷，然后从四周捡拾了一些枯枝败叶，堆放在一旁，这是自己仅有的希望。

“你只有一根火柴。”

我提醒自己。

入夜，风雪愈紧了。狂风怒号着，在山谷里往来驰突，折断了枯枝，卷起了残雪，自己的帐篷在风暴中摇摇欲坠，寒冷像饥饿的狼群将我层层包围。

“点燃那根火柴吧，你别无选择。”“狼群”狞笑着说。

我把火柴紧紧攥在手心，感受着“狼群”的啃食。它们的尖牙刺破我的肌肤，穿过血肉，直抵皮囊下的灵魂，而我蜷曲在这荒寒的冷夜，任由分食。

我望向身旁的枯枝，欲望在心底挣扎。我想象它们倔强地燃烧起来，火苗微弱，在风雪中苟延残喘，却画出一个昏黄的圈，点燃一盏或明或暗的灯。

“不用了，留给明天吧。”

第二天，我爬出帐篷，穿过雪原林海，希冀在某座山后能看见那熟悉的景象，但最终，除了满目苍凉，再无一人。

我孤独对抗着这寒夜的侵袭，夜再次来临。

“点燃那根火柴吧，你别无选择。”

“狼群”追赶上来，龇牙咧嘴，不肯罢休。

“留给明天吧。”

我气息奄奄躺在帐篷里，听着血液流动的声音，回答他们。

……

我是在第五个夜晚被村庄的人发现的，据说，找到我时，我倒在帐篷门口，冻成了一个冰人。

乡亲们把我带回寨子，问我是怎么在雪地里活下来的。

我说，我有一根火柴。

他们觉得难以置信。

后来，他们知道我弄丢了打火石，的确没有撒谎，又好奇我有一根火柴为什么没有点燃。

“如果真的点燃了，我就冻死在雪夜的第二个夜晚。”

乡亲们若有所思，但似乎也没听明白。

而我深深地懂得——

我能活着，因为我手上有一根随时可以点燃的火柴。

如叶

游睿

老余打来电话，邀他一起去乡下调研。心情压抑的他本想回绝，但老余说：“你不想去看看茶海？”他瞬间就屈服了。

茶海是老余手里的一个新项目，号称5000亩，区领导在大会上专门表扬过这个项目。他倒不是在乎这个项目，而是本身对茶叶感兴趣，他一直嗜茶如命，尤其是最近。换届在即，后备多年的他本来有望上升一格，不料传出消息他再次没戏。这些天来他一直觉得身体不好，说不出哪里出了毛病，就是挺没精神，什么都不想做，唯有喝喝茶能提神。他曾在老余面前自诩品茶专家，不料老余当即回了他一句：“你知道茶叶怎么种、怎么采吗？”他当即被呛得无语，就冲这个，他必须去趟老余的茶海。

此时正值初春，一路上阳光明媚，鸟语花香。约莫一个小时后，车在一个半山腰停了下来。老余张开双臂作拥抱状，然后对他说：“看看吧。”

他放眼望去，顿时震惊。目光所及之处全是绿油油的茶叶，上千亩茶叶俨然形成一个绿油油的海洋。这些茶树高矮整齐，植株大小几乎一致，且纵横排列有序，无论是规模还是管理，都让人眼前一亮。

这时，一个拿着半导体的年轻人出现在他们面前。年轻人开始向调研组一行介绍基地的投资、建设和管理情况。年轻人仪态大方，表达得体，没用任何稿子却将整个基地的情况介绍得清清楚楚。

老余指着年轻人说：“这是基地的负责人，基地从创建到现在，只有短短三年时间，全是他这样一个三十出头的年轻人一手抓起来的，很让我欣慰。”

“人才啊，你手里可真是藏龙卧虎。”他问老余，“这小伙子叫什么名字？”

老余看了他一眼，笑而不语。片刻之后，老余冲年轻人招招手，年轻人就来到了跟前。老余说：“你给李局讲讲茶叶的种植吧。”

他不解地看了老余一眼。老余却伸了个懒腰，转身不理他。

“李局！”年轻人热情地和他打招呼，然后说，

“早知道您是品茶的专家，我今天就献丑给您介绍一下茶叶的种植。”

他不好意思拒绝，也不明白老余什么意思，只象征性地听着年轻人的介绍。年轻人口若悬河，从选址到栽种讲得很细。他打断年轻人，问：“我就想知道决定茶叶好坏的关键因素是什么？”

年轻人说：“其实简单，就是两个字，阳光。这颜色越深的茶叶，阳光照射一定越充分，味道也就越好。同一株树上，因为阳光照射程度不一样，不同方位的茶叶存在色差。这么说吧，同一片叶子，颜色深的一定是正面，颜色浅的一定是背面。”

“很透彻！”他说，“我明白了，看来阳光才是关键。”

年轻人说：“是的，世界上的任何一片健康成长的叶子，都是阳光充分照射的结果。”

这时老余插了过来。老余挥挥手示意年轻人离开。待年轻人走远，老余问：“你果真不认得他？”他一愣，再次仔细打量，发现年轻人确有几分面熟，但始终记不起在哪里见过。“老李啊老李，眼前这个人可是你亲手让给我的。”老余说，“他叫庹松，记得不？”

他瞬间就对上了号。他的下属里，确实有一个叫庹松的人，庹松在他的单位里一直平庸无奇，至少当时没有进入他的视野范围内。后来老余要求将庹松调到自己的单位里，他没有丝毫犹豫就签字放了行。

“他在我那边并没表现出什么才华，怎么到了你这里就华丽转身了？”他大为不解。老余笑了笑说：“他的才华一直在，只是我给了他需要的阳光而已。”老余又说：“有时候，有的人缺的仅仅是阳光。”

阳光！他抬头，望了望天上，豁然开朗。

福报

雨瑞

韩廷之是清代咸丰时的一位茶商，山东沂州人，四十多岁，早年读过几年书，后因家道中落，只好辍学从商。前些年他都是跑徽州这条线。去年有人介绍说是六安的黄芽、瓜片价廉物美，于是他便带着十八岁的儿子于新年之后来到六安。此时，新茶尚未采摘，因此他也并没有打算实购，只是想先探探路，看看行情。

六安城里的茶行大多集中在鼓楼街一带。全城里做茶叶行当的有二十几家。店面基本上都是沿主街两侧一字排开，多数都是前店面后厅堂外带阁楼的结构形式。

韩廷之带着儿子沿着大街一路走来，走着走着，父子二人觉得有些口渴。此时正好行至一家名叫“沁馨斋”的茶行门口，韩廷之便向店里一个伙计道：

“我二人有些口渴，可否讨一碗茶喝？”

伙计连说可以，将二人让至店后的厅堂，便去沏茶。

此时厅堂里有个十岁左右的孩童正在方桌上练习毛笔字，见来了客人，便冲韩氏父子笑了笑，算是招呼。

伙计沏了壶茶，为二人各倒了一碗。韩廷之端起茶碗，便嗅到一股扑鼻的清香。再看看叶片汤色，碧绿清透，知道这是好茶。便心生纳闷。我俩不过是路过讨碗茶喝，又没打算付钱，这伙计为何会沏这么好的茶？

正纳闷，忽听头顶上几声鸟叫，抬头看去，原来房顶的大梁一侧有一个燕窝，有几只小燕，叽叽喳喳叫得正欢。正呆瞅间，忽然一只小燕屁股一翘，竟拉下一溜鸟粪来，直接落到了方桌上，离韩廷之的茶碗只有一掌的距离。

伙计一见，慌了，连说抱歉抱歉，忙过来清理了鸟粪，又将茶碗撤去，换上新的，双手奉上。

那个孩童却在一旁咧嘴一笑，说：“客官不要见怪，这窝燕子有点‘人来疯’。平时都在外面觅食，只要家里来客了，便都飞回来凑热闹，又是叽喳又是拉屎的。”

“那怎么不把这窝捣了，让它到外面去筑窝？”韩廷之问。

“爷爷不让撵。它们在这上头都好几年了，年年都要生几个小宝宝。爷爷说，它们筑个窝好辛苦，不容易，别难为它们了吧。”

韩廷之点点头。刚喝了口茶，忽见一位六十左右的老者自门外进来，见到韩氏父子先是拱手一礼，满脸笑容道：“二位客官请了！在下姓田，是小店之主。”

韩氏父子也站起来弯腰一揖，韩廷之笑道：“在下姓韩，路过宝店，口渴了，进来讨一碗茶喝，叨扰叨扰！”

“哪里哪里，贵客光临，老朽请都请不来呀！”

韩廷之指着茶碗，问道：“这茶便是六安瓜片吧？”

“正是，韩老板觉得如何？”

“好茶呀！入口虽微苦，稍稍品味，便有一股清冽甘醇之味环绕于舌根咽喉之间，令人神清气爽，口舌生津。”韩廷之笑道。

田老板一听此言，微微一惊：“韩老板行家啊？！”

“不瞒田老板，在下山东沂州人，也是做点茶叶小生意的。”

“是吗？那是缘分哪！幸会幸会！”

韩廷之道："等新茶上市，韩某想从宝店订五百斤瓜片，不知田老板可方便？"

田老板一听，大为惊喜，拱手道："韩老板这是在赏老朽饭吃呀，多谢多谢！"

韩廷之回手一揖，道："田老板客气了。生意交往，乃互利也。就按这品级，您开个价吧。"

"不瞒您说，您这碗里的，是二级瓜片。还有一级和特级的两种。"说罢取出一张价目单，双手递了过去。

韩廷之接过价目单草草看了一眼，笑道："行，那就瓜片、黄芽各订三百斤吧。"说罢从包裹里取出一只小布袋，放在桌上，道："这是五十两，算是订金。余款下次来提货结算时再补齐。"

田老板大感意外，生意场上少有买家主动要付订金的，除非所购之货是稀缺之物。便问道："敢问韩老板，你我一面之交，素昧平生，您如何就敢将这么多的银子交付于我？就不怕我昧了去？"

韩廷之淡淡一笑，指了指梁上的燕窝道："当然不怕。人会撒谎，但鸟儿不会。它们敢把自己的身家性命托付于您，在下这区区五十两银子，又有什么可担心的？"

神秘的大黄猫

张爱国

母亲正操起扁担要劈我，却突然惊喜地叫道："是他莲姨吧？他莲姨吧！"

我好奇地停下逃命般的脚步，回头看，母亲已站在远处的大路边，抓着一位妇人的手，兴奋地喊着我："国子，过来，叫你莲姨。"母亲从来没这么和我说过话，嘴里像含了蜜。我犹豫着，因为我把两桶水挑泼了，母亲刚才没劈到我，现在是不是想把我诓过去劈？

"来呀国子，你莲姨，还有弓子，你们小时候在外婆家玩得可好呢。"母亲拉着妇人身旁一个和我差不多高的孩子，极力向我献殷勤。

我突然意识到母亲是要留这位莲姨在我家吃饭，于是走过去。莲姨快步迎上来，气喘吁吁："呀！国子，都这么高啦……"

“国子，把弓子肩上的袋子接下来，背回家去。”母亲一边吩咐我，一边弯腰挑莲姨刚放下的担子。

“翠姐，我家也不远了，不去，不去你家……”莲姨阻止母亲挑她的担子。

“就你见外！都到吃饭时间了，都到我家门口了，你走啊！走了就不是姐妹！”母亲气冲冲地推开莲姨，挑起担子，“我晓得，你每次赶集都绕着我家走，生怕喝我一口水。今天要不是你挑着担子，小路不好走，你又绕过去了……”母亲的语气很不满，但脸上含笑。

“哪里哪里哟翠姐，我是穷忙，家里丢不开……”莲姨跟着，也笑着。

弓子一口气灌下我家两大碗井水后，坐在门口，低着头，不和我说话。我也没心情和他说话，只琢磨着母亲今天会烧什么好菜招待客人：肉，家里没有，但菜里的香油一定会倒得多。想到这，我就激动起来，但又不能把激动表现出来，不然下午等客人一走，母亲轻则又要骂我没出息，重则又要用扁担劈我，顺带着把刚才没有劈的也劈了。

“每次客人走后我就要倒霉，今天要出出她的丑。”我在心里给自己定下对付母亲的基调。

“他莲姨，你坐会儿，我出去抱些柴草。”母亲说着就走出院子。我心里一笑，母亲又开始装了：灶边柴草满满的，哪里还要再抱？不过是干那种事罢了。我有了主意。

我坐在门口弓子的对面，有一搭无一搭地应答着莲姨热情的问话，眼睛不时地瞟向身后。

“谁！干什么！”我突然的大叫吓得莲姨和弓子猴子般地蹿起来，更吓得身后的母亲一大跳。“想死啊你！”看到莲姨，母亲的声音又立即柔和起来，“他莲姨你看，我家这调皮的东西……”母亲捡起被我吓得掉在地上的一块腊肉，放到窗台上。

“一样的，我家这东西更调皮，更调皮……”莲姨笑着，还轻轻揪了揪弓子的耳朵。弓子莫名其妙地看着我。我们俩一笑，在院子里玩起来。

不一会儿，母亲亲切地喊我进屋。我似乎忘了先前的不快，蹦蹦跳跳地跟着母亲进了厨房。母亲笑着关上门，却突然用胳膊将我的颈子死死一箍，手掌紧紧捂住我的嘴，另只手似乎用尽全力拧我的屁股，眼珠子就要跳出来，声音低却异常凶狠：“拿出来！不然客人一走，我就送你命！”

我疼得叫不出声，也不敢叫出声，只疑惑、无助地看着母亲。

“肉，窗台上的肉，藏哪去了？”母亲的两只眼珠子恨不得要蹦出来砸死我。我急切地摇头，惨兮兮地看着母亲，泪水大滴大滴地滚落。

“翠姐翠姐！大黄猫！一只大黄猫叼走了肉！”莲姨在门外急切叫起来。母亲急忙丢开我，低声说句“不许哭”，就打开门和莲姨一起去追大黄猫。

母亲和莲姨没有追回那块肉——那块刚刚被母亲从邻家借来，并且当母亲做贼一般悄悄往窗台上放时还被我的恶作剧吓得要死的那块肉。

这天的饭桌上虽然没有肉，但多放了香油的韭菜和白菜尤其香，我和弓子一人吃了三大碗饭。

饭后，莲姨从后院上厕所回来，手里拿着一块肉，惊喜地对我母亲说：“翠姐，这块肉被大黄猫丢在了后院，还差点把我踩滑倒了。”

母亲接过那块肉，看了看：“他莲姨，亏得你了……”

莲姨他们走后，我见母亲看着那块肉直抹眼泪，就恨恨地说：“哼！大黄猫，下次让我碰上非打死不可……”

“傻孩子，什么大黄猫？”母亲苦笑了笑，“大黄猫叼肉，哪有丢下的道理？哪有连一个牙印子都没在肉上留下的道理……”

十二岁的我，不懂母亲在说什么。

一只金耳环

张洪贵

阿瑞和我是邻居。他小时候家境很富裕，经常抱着一根鸡腿在啃，或是挥舞着一把能喷水的手枪向别人身上射击，我们几个年龄相仿的孩子羡慕得要命。后来发生了一件事，彻底改变了他的命运。

阿瑞十三岁那年，我们正在课堂上听课，他母亲风风火火地跑来，说不好了你爹出事了，拉起他就跑。他的书包和板凳还是过了很久我捎回去的。事后才知道，附近的煤矿出了事故，正在井下挖煤的阿瑞爹被埋在了里面，等三天后救援队把人挖出来，早已硬挺挺的了。

阿瑞娘像受了刺激，见谁都拉住人家手不放，说些夜里阿瑞爹托了她个梦之类的话，然后就抽抽搭搭地哭。村里人见她像见了瘟神，纷纷躲避。阿瑞娘就搂着阿瑞哭，搂着村里的大树哭，慢慢地，眼睛像是金鱼鼓起的水泡眼，不久就双目失明了。

阿瑞开始一个人在社会上混，结交一些不三不四的朋友，后来靠帮人要账过日子，一有了钱就吃喝嫖赌。更为出奇的是，他在耳朵上戴了一只金光闪闪的耳环。村里人叹着气，背后指指点点，也像过去躲他娘一样躲着他。他抓着娘的手让娘摸，说你儿子现在出息了，在镇上名气大得很。娘摸到了耳环，气得一巴掌打在他脸上，翻着眼睛骂，你个不肖的子孙，你爹在地下怎能安心？

老人家已哭不出一滴眼泪来了。

好在阿瑞还算孝敬，有了钱，就买上好吃的东西堆在母亲旁边。我周日不上学也经常去看望老人家。她拉住我的手，先去摸我的耳朵，我说我是梁子，她不听，摸完了左耳摸右耳，没摸到耳环才确定是我。我想她的听力也出现了问题，要不不会辨别不出我俩的声音。

有一次我在学校附近见到阿瑞。他坐在一辆无牌照的轿车上，看见是我，摇下车窗，怀里搂着一个女人，冲我打了一个响指，说：“梁子哥，还读书呢。”样子牛气得很。然后给那个女人介绍：“这是我最好的伙伴，光腚长大的朋友，梁哥。”但我看得出他的眼神里流露出一丝自卑和忧伤。

几年后我高中毕业，看看没有别的出路，就去煤矿当了一名矿工。突然有一天，阿瑞跑来找我，让我也带他去煤矿上班。我很高兴。矿工虽然苦，但毕竟是一门正当工作。他在社会上瞎混，早晚是要出事的。

我俩分在一个班，上下班都一块。每次歇白班，他都会买上一些好吃的捎回家。

过了很久我才知道，之前他在镇上赌博犯了点儿小事，派出所的人去家里找他，看那双目失明的母亲，没忍心带他走，只进行了一番劝导教育就算了。人家一走，母亲摸着他那只金耳环，弯腰就给他跪下了，哭诉着说："你要是不学好，我将来如何去见你爹？干脆一头撞死算了。"说着拿头往墙上撞。阿瑞一把抱住她，苦苦哀求，答应以后好好做人，娘这才放弃了轻生的念头。

我也随他看过几次老人。每次我说是梁子，她都不信，非要摸摸我的耳朵。阿瑞把头伸过去，说娘，我在这里呢。娘用手轻轻捻着那只耳环，这才开心地笑了。我发现，那耳环被摸得溜光，就算在阴暗的屋子里也闪闪发亮。

天有不测风云。

一年后，在下夜班回家途中，阿瑞遭遇车祸身亡。

我不敢把这消息告诉阿瑞娘。买上食物去看她，她摸摸我的耳朵，问阿瑞这几天怎么没回来。我忍着悲痛告诉她，阿瑞为了多挣点钱，加班呢。老人脸上露出了微笑，抓着我的手放心地点点头，瘪瘪的两腮像是嚼着东西，自言自语地说着什么。我却一句也没听懂，眼里噙满了泪水。

我回家想了一夜，老这么瞒下去也不是办法，第二天在耳朵上打了个孔，也挂上了一只金耳环……

醒来

张洪霞

感觉她越来越像小孩儿了，喊她“妈”，她不答应，喊她金枝却回应得清脆响亮。

那天傍晚，金枝跳完广场舞，气喘吁吁地跑过来说：“你快看，那件衣服真好看！”她指着前面穿着孔雀蓝上衣的大妈。

看她眼里扑闪的火苗，我就知道，爱美的金枝是看中那件衣服了。我搂过她，说：“明天休息，带你去商场买新衣服。”

第二天逛完商场，已是中午了，我们去了商场四楼的美食城。此时的美食城里一片繁忙嘈杂，每个窗口都排着长长的队伍。

终于看到靠窗那儿刚空出一张桌子。我安顿金枝坐下，把淘了一上午的大包小包往她身边一放，说：“我去排队，买你爱吃的水磨豆腐，还有酥肉。”走出两步，我不放心，转过身又在她耳边千叮咛万嘱咐：“你可别乱走啊。”她撇撇嘴，笑了，两只手不由自主地搂紧了那堆衣物，说：“傻丫头，我不会乱走的，我还得守着我的新衣服呢。”

我喜欢看金枝吃水磨豆腐的样子，满脸都是知足的笑，她说这儿的水豆腐吃着有小时候的味道。开始的时候，我不明白为什么每次她都让我买酥肉，却一口也不吃，最后只好打包回去。有一次她突然跟我说：“其实酥肉是给大美买的，大美从小到大最爱吃酥肉……”

我端着豆腐和酥肉，躲开来来往往的人，边走边抬眼望去：天哪！金枝不见了，座位上空空的。我嘴里喊着借光，三步并作两步向那张桌子奔去，同时大脑在飞速地转着，她去了哪里？到了近前，看见那些大包小包的还都在，我问桌对面埋头吃饭的男人，坐在这儿的老人呢？男人抬起头看着我，摇了摇头。

我环顾四周，除了满满当当吃饭的人外，就是此起彼伏的吆喝声。我的心揪在一起，汗水瞬间流了下来，我恨不得打自己一巴掌，我怎么能把金枝一个人留在这儿。

我迈着发飘的腿穿梭在桌子间，一张张地看过去，没有。我绕过大厅，往电梯口跑去，也没有。就在我茫然无措地回转身时，我看到了金枝，她正坐在一张靠着柱子的桌子旁。

我的心终于扑通一声落了地，刚才那股紧张劲儿在一身冷汗中放松下来。但片刻间，我的心又不由自主地揪了起来，因为我看到金枝正满脸慈爱地看着她对面一个穿白大褂的女孩。

女孩一边看手机，一边漫不经心地用筷子夹菜，慢悠悠地往嘴里送，金枝的眼睛随着女孩的筷子一上一下地转动，嘴里还不停地说："慢慢吃，不急啊！"女孩戴着耳机，全部心思都在手机上。

我轻声喊金枝，她也不吱声；拿手在她眼前晃，她也无动于衷，就那样直勾勾地盯着女孩看。我知道这个时候我就是硬拽都拽不走她，只好坐在女孩旁边等她。

过了许久，女孩就像水里的鱼儿，冒出水面呼吸一口新鲜空气一样，终于从手机里钻了出来，刚一抬头，就和金枝直勾勾的眼神撞了个正着。女孩侧过头，看了看我，然后拿起手机，头也不回地走了。

金枝目送女孩消失在拐角处，还痴呆呆地望着，我看到她满脸的疼爱，继而是失落。

突然，她站了起来，喊了一声：“服务员，打包。”

周围的目光齐刷刷地向这边射过来，我满脸通红，小声对她说：“不能打包，这不是我们的。”金枝把手放在嘴边，嘘了一下，说：“这是大美吃剩下的，带回去她晚上吃。下了夜班，大美就像只小饿狼，吃啥都香。”说完，金枝吃吃地笑起来。

原来，她是把穿白大褂的女孩当成了大美。

回到家，金枝顾不得她的新衣服，一直站在阳台上往下张望，嘴里还不停地说：“大美怎么还不回来，医院再忙，也得让人吃饭不是？”她让我给大美打电话。我说：“大美有急救任务。”她挠了挠花白的头发，说：“你看我又忘了。”天黑透了，金枝还站在阳台上，无论怎么哄劝，就是不肯回屋。

我只好拿过手机，假装给大美打电话，然后告诉她，大美马上就到家了。她一听，乐颠颠地去厨房热饭菜。爱人带着孩子进了卧室，我穿上白大褂，然后装成刚进屋的样子，冲厨房喊，我回来了。

因为金枝只记得大美穿白大褂时的样子。

大美是一名急救中心的护士，在一次出急诊返回医院的途中，出了车祸。危急时刻，大美弓着腰把正在抢救的割腕女孩护在了身下。

金枝在近五十岁时才有的大美。大美走了，她的世界一下子就塌了，几天几夜不吃不喝不睡，声声地喊着："大美，你醒来啊，醒来。"在一次重度昏迷后，醒过来的她就开始神志不清了，常常处在一种混沌的状态。她一会儿以为我是大美的姐姐，一会儿以为我是大美，其实大美哪有什么姐姐，但在她混沌的意识里，她有一对如花似玉的女儿。

夜深了，我哄着金枝睡下，看着她安静地进入了梦乡，我喃喃自语："妈，你啥时能醒来啊？"

可我又不希望她醒来！

我抚摸着左手腕上的伤疤，心里的雾气弥漫开来。

五年前，在大美离开后不久，我站在了大美父母面前。金枝看到我的瞬间，惊叫一声，把我紧紧地搂在怀里，说："大美，你可回来了。"

又“训”了父亲一顿

张金刚

结束晨练准备洗澡，父亲来电话：“搭了个顺风车到银行办点事，是不是还得戴口罩？走得急，忘戴了。”末了，还怯怯地“呵呵”一声，像在掩饰他的“过失”。

距银行开门还有俩小时，我只得重新穿戴整齐，骑车到城西接他。矮小瘦弱的父亲躲在空阔的街角，瑟缩着，双眼盯着我来的方向。看到他的窘态，我生气了：“来这么早，也不提前打电话？不知道疫情还没结束呀，还往县城跑？我帮你办不行啊？添乱！”

父亲不敢看我，瞅着稀疏的行人车辆，喃喃道：“村里你大叔工地赶早，我就搭他的摩托车来了，你工作忙，没打电话麻烦你。医保卡改密码，必须本人来呀！”我自觉言重了：“来了就回家吧，吃早饭。”父亲慌了神：“不不不，不饿，办完就回，这一身土两脚泥的。”我又生气了：“我家不是你家呀！”

父亲慢慢站起，塌着腰，右手紧握着提兜，左手扶着车座，右腿迈了三次，坐了上来，左手又紧紧抓住了我的衣襟。我逗他：“就不扶你，看你还到处跑不？”父亲又“呵呵”，说：“还行吧？能坐上来。”

搓了几搓鞋底，父亲进了电梯；又搓了几搓鞋底，进了家门。我嗔怪：“哎呀，不用搓啦！”父亲只顾搓，不理我。妻子已经把饭盛好了，父亲在饭碗间小心翼翼地放直提兜，慢慢提出一塑料袋鸡蛋：“还不赖，没打碎！”这一路颠簸，父亲得多经心呀！我的气又来了：“说过多少回了，你和我娘别舍不得吃。再说，坐摩托车抱着鸡蛋，多累多危险！”父亲又“呵呵”：“这不没事嘛！”我气道：“有事就晚了！”

盛了满满一碗面条，加一个荷包蛋、两根油条，父亲吃了个精光，又加一碗，我逗他：“必须吃完啊！”父亲顺从地“嗯”了一声。待收拾碗筷，我佯装生气：“不是说不饿吗？以后不许说假话！”他“呵呵”一笑：“好。都吃撑了，剩碗底儿不好！”

父亲坐在偌大的沙发里，更显得瘦小，且只坐了个沿儿，双手局促地在腿上、沙发上搭来搭去。我递给他一杯温开水，他的手才放定。问我娘，问庄稼，问乡亲，问水，问树，问鸡……我问啥，父亲应啥。我慌了：原来那个事事拿主意的一家之主哪儿去了？那个问学习、问交友、问过错、问婚姻、问工作，连珠炮般他问我答、说啥是啥的严父哪儿去了？

父亲倒是慢慢轻松下来，说着家里村里的情况，可怎么感觉都像是在向我汇报，且眼神躲闪，没有丝毫他年轻时、中年时面对我的厉声厉色。相反，我却时不时地厉声厉色起来。

父亲说那天到村头大槐树下与乡亲们扯闲篇儿，听说了医保卡改密码的事……我急了：“不是告诉你们了吗？疫情还没完全结束，别扎堆儿，咋不听呢？”父亲没底气地说：“没事！没事吧？”然后轻声“哦”了一声。

父亲又说，办完事要去给我娘买点儿饼干。我又急了：“千万别买甜的，她血糖高！”父亲低下声：“可她就想吃甜的呢。唉，年轻时，你娘哪舍得吃呀？有啥好吃的都让着你们、让着我。七十来岁的人了，想吃就吃点儿吧。我听了她一辈子话，依着她吧！”又心酸，又可笑，又担心，可又无话可说：“那一定少吃，记得吃降糖药，听到没？”父亲又“哦”了一声。

父亲说，那天花十块钱找人捎着买了张小渔网，从大河里捞了些小鱼，收拾干净，冻在冰箱里，等我回家炸着吃。我更急了："大河水急，你不小心侧歪到河里咋办？即便你心里有准儿，可身体没准儿了呀，不能冒险！"父亲弱弱地说："老张头比我大一岁，还……""那也不行！""哦。"

越聊越有气，不再说话，我去洗漱，他默默喝水，一杯，再一杯。我边刷牙边心慌：此刻坐在沙发上的父亲，怎么那么像被他训得贴墙站的儿时的我？父亲真的老了，真的变小了，小到被儿子"训"得唯唯诺诺、毫无主张。

其实，父亲还是很"听话"的。

我"训"他"上房顶摔着咋办"，他就再没上房晾晒过东西、扫过雪。

我"训"他"少种些地，累着咋办"，他就不舍地撂荒了许多较远的地块，只拣村中的小块水浇地种些红薯，小菜地种些蔬菜。

我"训"他"没事练熟我给你抄了谱子的那首板胡曲"，他闲下来就练，待我回家拉给我听。

我"训"他"冬天生炉子，晚上一定盖好炉盖，窗户留条缝儿"，他就每天检查好几遍……

每一次忍不住"训"了父亲，我也很自责。听母亲说，父亲从小没了爹娘，营养跟不上，长得很瘦小。拉扯我们兄弟仨，下过煤窑，下过包工队，土里刨食，日子紧巴巴。我还一度怨这个家，怨父亲没给我坚强厚实的靠山，害我一直苦拼到今天。可父亲又谈何容易？

我偷偷瞟了一眼父亲，他还坐在沙发沿儿上，端着水杯，两眼瞅瞅窗外，瞅瞅洗手间方向……眼前腾起一团雾，我迅速打开水龙头猛洗脸。完毕，拿出崭新的口罩，拉父亲起来，给他戴好，又塞了一包到提兜里。

出门，上街，领他办业务、买东西，送他回家。其间，又“训”他过马路一定跟紧我，一定抄好密码，有事一定跟我说……

中午有个应酬，我打电话给妻子。女儿接过电话，劈头一句：“不准喝酒，你酒精过敏不知道吗？”我“呵呵”一声：“知道了。”听到女儿在电话那边和她妈说：“放心，我又‘训’了我爸一顿……”

那年约你去“摸秋”

张弯

初中毕业后的第三个年头吧，我和她都在家务农。上学时就暗暗地喜欢她，但那个年龄也就止于腼腆地打个招呼，偶尔放学同路时不疼不痒地拉扯几句。毕业后虽说隔着一个村庄，距离也不过两里路左右，却也找不出更多理由往她家那边跑。何况她对我有时候猝不及防的到来，一会羞红了脸，一会黑着个脸，我的心里始终七上八下的，不知道自己在她的心里有多少位置和分量。

那个中秋，我忽然勇敢起来，托另一个同学——她的同村好友阿兰捎给她一张纸条，约她到村外的田野去摸秋。

她竟然如约而至。我们低着头走在如水的月光下，走过高高矮矮、草垛林立的晒场，走过荷叶莲莲的月色池塘，走向萤火曼舞、蛙声不绝于耳、青草气息浓郁的田野。后来，我说：我知道有一处成熟了的甘蔗林，我们摸秋去，我给你扳甘蔗去。

她红着脸低声道：“这个，怕不好吧，人家花了好多功夫栽出来的。”

“没事，今晚不是摸秋吗，乡村的风俗，就算人家看到也不会怪的。”话毕，我乘势拉起她的手，沿着田垄走向田野深处。

我感觉她周身震了一下，随后被我拽到一片茂盛的甘蔗田边。

一片片长条状的甘蔗叶子在微微的夜风中散发着淡淡的甜味。

我叫她和我一起走到甘蔗林中间去，挑选粗壮点的甘蔗。

她有些惶恐地看看月色朦胧的四周，说：“还是别扳了，好歹人家多少汗水栽大的，要不扳个一两根吃着玩就行了，我给你看着，防止有人来。”

“看你这胆小鬼，好，我去扳。”我笑道。

“啪，啪”，一声声甘蔗的折断声在月光里显得那样清脆入耳，甚至一些欢乐着的青蛙和高歌着的虫子也被这折断声惊吓得收起了歌唱。

“够了，够了，你快出来吧，好像有人过来这边了。”她在田边低声急促地催。

然而，我仿佛没听见，依然故我地在田中找着，扳着。

等我抱着一大抱甘蔗出来，她已走了。

微凉的月色里，沿着来时的路，我怅然若失地将这些甘蔗扛回自己家。

几天后再去找她，她隔壁的婶婶说，往南方打工去了。

南方究竟在哪，问阿兰，阿兰也说不知道。

三十年一晃过去，又近中秋，我参加了阿兰组织的初中同学会，没想到竟然遇到她。

因为高兴，大家多多少少都喝了一些酒，许多人的脸都红扑扑的。同时洋溢在这红扑扑中的，还有相逢的喜悦，交流的欢畅，更有回忆的甜蜜和忧伤。

我端着一杯红酒径直走向安静端坐在一角的她。

“你好，还记得那片月光、那个中秋、那个和你一起扳甘蔗的二狗子吗？”二狗子是我少年时的小名。

“记得，不只是你们属狗的记性好。”她笑答道，目光里有一些生疏，也有一些失落。

“当初怎么连个招呼不打就走了呢？”我故作漫不经心地问。

“我看见有一个人走来，便吓得赶紧跑开。你知道那个人是谁吗？他是我爸，从亲戚家喝酒回来，我爸追上我，问明了缘由，虎着脸将我带回家了。”她悠悠地答道，“你为什么要扳那么多根甘蔗呢，扳得都收不住手了。你早从甘蔗林里出来，我们不就能……一道回去了吗？”她浅浅一笑说。

“不懂，但这似乎构不成你后来依然不理睬我的理由。”我抿一口杯里的酒，直截了当地说。

“都过去了，别再问了，没什么比大家现在都幸福地生活着更重要。”很明显地，她想把这个话题绕过去。

“几十年啦，我就想知道，当初到底是为了什么。”我忽然有些激动起来，眼睛潮潮的。

阿兰不知什么时候悄悄转到这边来，看到尴尬僵持的我们，将嘴唇贴到我的耳畔：“真不能怪她，他爸回去狠狠地训斥她，也坚决不准她和你继续来往。他爸说，一个借摸秋名义去偷扳别人家那么多甘蔗的男孩，不会有多大出息的。那个年代，你知道，我们都是比较听父母话的。”

“偷？”一瞬间我怔在那里，镇定了好一会，转身面对着她，“我错怪你了，只是你也许到今天都不知道，那片甘蔗地……其实是我自己家的，我就是想多扳些让你带回去。”

这时，歌声响起，一首《城里的月光》温馨飘溢：每颗心上某一个地方，总有个记忆挥不散……

白石桥上的来客

张西祥

村后那座白石桥已经很老，很老。就连桥上的条石都被踩踏碾压得没了棱角。爷爷说，那年涨大水，秋天落水的时候，在小河的上游，大川上那么大的水面都要经过白石桥，转个弯子再淌进淮河。水面大，水里的鱼虾多，有个精明的庄稼人在桥口张了一绝命网。说是绝命网，这张网就像一个大漏斗，网口能把桥口全封上，只要把网的长长尾巴用绳子扎住，连一个鱼虾都难以逃生。庄稼人原本就有三样宝，一头全村最威猛的耕牛，一条祖传的猎枪，还有一个聪明伶俐的儿子，加上这张网，日子过得更比庄子上所有人都滋润。

一开始，上游的鱼鳖虾蟹看见那张绝命网，都知道那是人做下的陷阱，全不敢过桥。随着水位越落越低，桥口的水流也越急，小一些的鱼鳖虾蟹才到桥口前，不管它们愿不愿意，硬是被漩涡裹进大网，冲到网梢累积成一个鱼鳖虾疙瘩。庄稼人拉住网尾的绳子一拽，把疙瘩拉到岸边，解开网尾巴上扎着的绳子，向筐子里一倒，便是好收获。

随着上游的水越来越集中，等待过桥的鱼鳖虾蟹也越来越多，个头也越来越大。庄稼人一见上游的水犯浑了，知道鱼鳖虾蟹全等急了，发财的机会就在眼前，便雇了些人，备下一只木船，要把即将到手的收获装运到镇子上去换钱。

就在那个月白风清的晚上，来了一位白胡子老人，席地坐在桥石上，指着上游浑浊的水面请求说："兄弟，你我都是有儿有女的人，能不能收起网，让我的子孙走一个时辰呢？只走一个时辰，然后你再把网张上，剩下那些就够你一家过好日子了。"

庄稼人一听，就明白了老人的来路，连连摇头说："靠山吃山，靠水吃水，我在这已守了些时日，才等到火候你就叫我收网？当我是傻子吗？"

老人退一步说："儿女都是心头肉，你尝过那伤子伤孙的滋味吗？看在我这把年纪的分上，请兄弟网开一面，只让那些能传宗接代的青壮年过去，你就忍心不给我留下些根苗吗？"

庄稼人对老人的絮叨已经不耐烦，脸一寒呵斥："别啰唆，当心你也成我的网中物！"

老人叹息一声，口里念叨着"阿弥陀佛，罪过罪过"，蔫蔫地走了。

当庄稼人被晨鸡唤醒的时候，觉得晚上只是做了个梦，也没大往心里去，他关心的是网里的收获。可是爬起来一看，大惊失色，支撑网口的两个木立柱不知道怎么断了，和立柱一起漂在河湾里的，还有两条成人大小的大鲤鱼，鱼都因为头上流血而死，大网已经被流水漂得不见了踪影。爷爷把事件讲到这里，特别申明说，那两条大鲤鱼就是白胡子老人帐前的两个鱼将军，是它俩舍身撞断了木立柱，毁了网，救了全家族的性命。

庄稼人捶胸顿足大哭，沿着河水骂一气，找一气，哪里还有大网？

中午垂头丧气回到家，又听见婆娘嘟囔说："早就该吃午饭了，孩子放牛还没回来。"庄稼人一愣，儿子才是无价宝，忙着掂了猎枪出去找。才出庄子，就见自家那头威猛的犍子独自回来了。他想问牛小主人的下落，牛不会说话。当他看见牛的两只角上有鲜血的那一刻，立马明白儿子是被牛牴死了，他想起白胡子老人的话，可算尝到丧子之痛了，像剜心，他开枪打死了那头牛。他跑到荒郊野外终于找到儿子的尸体时，却发现尸体旁边躺着一匹浑身是伤口的死狼，他简直糊涂了。

当他想明白时，暴跳着大哭，冲着石头摔断那支枪，从此变成一无所有的穷光蛋！

一树繁花听鸟鸣

张学鹏

沙河弯弯，欢快流淌，曲曲折折伸向远方。

沙河村依河而居，一棵百年的大树长在村口，枝繁叶茂，四季常绿，成为一大奇观。每年春天，碗口大的红花盛开，芳香袭人，蜂飞蝶舞，花期可达半年，引得方圆百里的男男女女来赏花，络绎不绝。

树是祖辈相传，归老人所有，老人守望着郁郁葱葱的树，春夏赏花开，秋冬听鸟鸣，好不快活。

老人视树如命，日夜守护。

春暖花开时，村主任带领一群城里人来赏花。城里人赞不绝口，要出高价买树。

老人蹲在树旁，看树，抽烟。

城里人说："这棵树卖吗？我们出高价。"

老人说："不卖。"

城里人说："这棵树拉到城里很值钱，你不喜欢钱吗？”

老人说：“喜欢。”

城里人说：“喜欢钱就得卖树，你要钱还是要树？”

老人说：“要树！”

城里人说：“你怎么这样固执呢？给你十万，卖不卖？”

老人说：“不卖。”

城里人又说：“十五万呢？”

老人说：“不卖。”

老人又说：“这不是钱的事，树是祖传的，祖上有言在先，再穷也不能卖树，传了几代了，到我手里，能卖吗？”

城里人望树兴叹，无奈离去。

秋叶飘落时，城里人又来了，来人更多。

这次城里人做通了老人儿子的工作。儿子同意卖树。

城里人说：“这棵树很珍贵，长在这里可惜了，拉到城里会有更多人欣赏，给你二十万，卖不卖？”

老人说：“不卖。”

城里人说：“三十万呢？”

儿子说："爹，三十万，不少了，卖了吧，你看别人都买了小轿车，进城住上高楼了。"

老人瞪了儿子一眼，说："别人是别人，我是我，树是这里的风水，这里的根基，没有树，村里就失了根本。"

老人发下狠话："老祖宗留下的东西，谁也不能动，谁动，先从我身上踩过去。"

城里人怕闹出人命，又一次不欢而散。

城里人走后，儿子说："老迷信，顽固不化，气死我了。"

老人常常一个人坐在河边，眯着眼，吸着烟，听河水哗哗地流淌，听鸟儿在枝叶花丛中歌唱，闻着淡淡的花香，脸上挂着笑。

树木大了，啥鸟都有。树上住了许多鸟，有喜鹊，有斑鸠，有黄鹂，有夜莺……一年四季，鸟语花香，叫尽生命的欢腾。

雪花飞舞时，城里又来人了，来人更多，小轿车停了好几辆。

儿子也来了，儿子坚持卖树。

一个老板模样的人说："这棵树是珍贵濒危树种，我们拉到城里会好好保护它，让更多人欣赏它，给你一百万，卖了吧？这是我们公司能出的最高价了。”

老人说：“不卖。”

老板很无奈，笑了笑，说：“不爱钱的，我见过，可是像你这样不爱钱的人，我真没见过。”

老板又说：“卖了树，你就是百万富翁，这是许多人的梦想，你真是个怪老头。”

老人说：“七十多年了，我从小跟着俺爷、俺爹一起守着这棵树，已经习惯了听树上的鸟叫，看树上的花开，闻树上的花香，我离不开这棵树。”

事后，有人问老人：“一百万，恁多钱，为啥不卖呀？”

老人说：“许多人喜欢钱，认为只有钱才能满足他们的生活，如果绿树、河流、鸟语、花香能让一个人得到满足，要恁多钱干啥呢？”

多年以后，老人去世，儿子抵抗不住诱惑，卖了树，留下一个巨大的树坑。不久沙河搞开发，树坑变成了人工湖。沙河村人逐渐进了城，村庄越来越小，没有大树，就没有鸟鸣，也没有了花香……

日子久了，因为管理不善，人工湖变成了垃圾场。村民看见坏掉的人工湖，总会说：“以前这里长着一棵大树，有花有鸟，非常漂亮，大树真好。”说这话时，他们感觉心里失落落的。

人工湖像一块难以愈合的伤疤，村民看着，感觉很疼。

情侣装

章慧敏

我在苏州河畔散步。舒卷的白云下，仿佛有一种游子依偎在母亲身边的温情。

正值早晨八九点钟，有人在打太极拳，有人在伸展腿脚，有人架起相机，将镜头对准河对岸绿丛中那只歇脚的翠鸟。

突然间，一对七十多岁的老夫妻在河边喊起了嗓子。不合调的“呦呦啊啊”二重唱，男声沉厚，女声尖锐。似乎他们还嫌声音不够响，传得不够远，两人又将双手作喇叭状紧贴着嘴巴喊。

对岸的翠鸟受到惊吓，扑棱着翅膀飞向远空。摄影人满脸怒气地瞪了老夫妻一眼，悻悻然收起摄影器材。河堤上的人包括我，看他们的眼神中也充满了不满。

以后几天，只要我散步到河岸，视野里便会闯进来这对老夫妻。我想不注意他们都难，因为他俩总在做些与年纪不相称的动作。比如河岸边的塑胶走道最多一人多宽，他们却旁若无人，丈夫在前双手张开，像飞鸟的翅膀左右摆动，妻子跟在后面，双手搭在他肩上咯咯笑个不停，整个儿搞笑版的泰坦尼克号杰克和露丝；再比如，坐在长椅上休息，丈夫像哄孩子似的劝慰妻子喝保温玻璃杯里的饮料。饮料是褐色的，是咖啡还是中药？老妻抗拒着，那味道一定是苦涩的，有点像她的年龄。

渐渐地，我又有新发现了：无论春夏秋冬，他俩穿 T 恤、冲锋衣或是穿羽绒服，颜色始终不变：丈夫穿红，妻子穿黄。这“番茄炒蛋”的情侣装好不醒目，难道他们就癖好红黄？

我对这对夫妻本来就没啥好感，上海话有一句“骨头轻”的口头禅，是形容一个人举止轻佻，我觉得他们就有点这个味儿。不过，他们不在乎旁人的目光，似乎天地间只有二人世界。

热闹了一段日子后，他们无声地在人们的视野里消失了。

一个月、两个月，几个月过去了，苏州河边的这对“老朋友”仍没出现。不知为什么，尽管我对他俩腹诽满满，但散步时见不到“情侣装”却还真有点想他们。没有他俩的粉墨登场，我觉得河畔风景似乎少了些色彩和活力。

我开始牵挂他们，从不待见到希望再见。

初冬的冷雨连续下了好多天，难得遇到个有阳光的晴朗日子，就像约好了似的，这天下午苏州河边集中了不少来晒太阳的熟面孔。不经意间，我看见远处那一抹红黄色。

啊，久违的“情侣装”出现了！他们不再是肩并肩手牵手地走来，而是换了一种方式：丈夫推着坐在轮椅里的妻子，缓慢地在高低不平的小径上移动。丈夫不时地低下头，跟妻子说上几句，红色与黄色交融在一起，如此温馨又和谐。

轮椅正在上坡，丈夫似乎体力不支。眼看轮椅在一点点地倒退，我快步上前帮忙。轮椅推上无障碍坡道，又在朝阳的地方安顿舒服。

丈夫此时已经累得满头大汗，对我说过谢谢，便脱下红色冲锋衣。

就在这时，安静地坐在轮椅上的妻子大声地叫起来：“你是外公啊。他到哪里去了？我害怕。”

丈夫连忙穿上红色冲锋衣，轻轻地抚着她的额头说："不怕不怕，我在这儿呢。你看，红衣服，认得吗？"

妻子点点头，安静下来。

丈夫歉疚地对我说："她两年前出现了痴呆症状，我不穿红衣裳，她就叫我外公、阿爸。她不穿黄衣服就害怕，发脾气。医生说要多带她外出运动，多接受声光刺激。我们坚持了一段时间，还是有点效果的。不过，她最近不太认得人了，有次带她去医院检查，她把医生当作我了。医生说，她的病情发展得蛮快，已是中度以上痴呆，退化到所有记忆归零也只是时间问题……"

蒙在"情侣装"上面的薄纱被掀开了。一阵莫名的内疚袭上心头，我不敢再正视他们。

温暖的阳光照得妻子昏昏欲睡，此时有红色陪伴，她很安宁。记忆的橡皮擦正在她的脑海里擦拭，一点点地抹去她的童年，她的故乡，她的婚恋，她的亲人……

丈夫扶起她，轻声说："起来走两步，活动活动筋骨。"

红和黄在原地一步、两步，与其说在走路，不如说是挪步。丈夫的额头很快便汗津津了，看得出他使出了全力。

女贞墙

赵冬

这是一个极普通的四合院，只是坐落在环境幽雅的人工湖畔，才没被拔地而起的高层公寓所吞没，小院除了清静并无特点，倒是这又高又厚的围墙，板着脸把小院与外面的世界隔开了。

这墙有个名儿叫女贞墙，是清朝时留下来的，据说是用孟姜女的眼泪和神女峰的石块砌成的。女人住在这里一准成个贞节烈女，房东叶奶奶就靠出租这几间房子的收入来维持生活，她无儿无女，性格古怪。房子一律租给独身女人，平时也不许男人轻易出入，有人猜测她年轻时一定遭受过男人的伤害。有男朋友的姑娘，也不敢把人领进这个大院，约会就更麻烦了，或往院里扔个鞭炮，或在墙外学几声猫叫。墙外的人们讨厌叶奶奶，管这个院叫尼姑庵。墙里住的女人们倒也图个清静，多个“婆婆”管着，也就免去了不少无聊男人的纠缠。

西屋的钟离秀贞在这小院里住五六年了，这个女人三十几岁，眉目俊秀，体态羸弱。她在报社工作，平时不善言笑，也没有朋友来玩，整天就一个人上班下班，忧郁得像林黛玉。叶奶奶最喜欢钟离，如果房客都是像她这样娴静本分，她宁愿不收房费。相比之下，住叶奶奶的房子，房费也是全市最便宜的。

一道大墙不知隔断了多少正常的交往和人情；一道大墙不知诱发了多少男人对女儿国的遐想和骚动……可是，女贞墙太牢固了，外面许多人试图推倒它，结果却无可奈何。

西屋墙那边住着王家弟兄三人，两个弟弟早已成家立了业，唯有大哥王一，四十多岁还没有结婚。王一是事业型的男人，过去一直埋头苦干，如今已经混上了个处长，但却错过了不少姻缘。

王一已经注意并爱慕钟离好几年了。虽然住得近在咫尺，却怎奈还有一墙之隔，终无法接触。两个弟弟明白哥哥的心思，请来一位嘴利舌尖的媒人去牵红线。谁知媒人使出了浑身解数，还是碰了钉子。善于察言观色的媒人多少也探到了一点钟离的情况。原来钟离秀贞结过婚。婚后才半年，爱人就在下班途中遇上车祸丧生。她深深地爱着自己的丈夫，发誓从此为他守节终生。

王一听后，更加爱慕，以至于茶饭不思，时常在深夜独自在女贞墙下徘徊。两个弟弟很精通爱情，没有机会接触便永远不能引起对方的共鸣。眼前的女贞墙便是最大的障碍。两人苦思冥想，得一妙计。便以在两家交界的墙下挖一口水井为由，去找叶奶奶商量扒开一段墙。叶奶奶年龄已高，平时吃够了到处提水之苦，于是当即欣然应允。

随后，王家兄弟找来一群工匠，将女贞墙扒了一个大窟窿，然后在墙下挖了一口压井，还真出水了。女贞墙又被修好了。不过有这井在其中，两个院子便畅通无阻。

井是出水了，可王一始终未见钟离来井前取水。他天天盼着望着，终于有一天忍不住问："叶奶奶，西屋的钟离，不吃这井水……"

"你们扒墙的第二天，她就搬走了。"

"搬到哪儿去了？"王一心里一惊。

叶奶奶摇头："不知道，她没说。"

王一用拳头重重地捶在自己的脑袋上，重重地叹了口气……

井又被男人们填死了。墙又被女人们堆住了。四合院又恢复了往日的静谧。

名旦

郑俊甫

腊月二十三，一大早，春生戏班的大师兄庆来就敲开了师弟小春子的门。庆来是来跟小春子商量“封箱戏”的事儿。

作为一家老戏班，春生戏班有着自己的讲究和规矩。辞旧迎新，为了讨个好彩头，年底，戏班会演出最后一场戏，叫“封箱戏”。这一年里最后一场的封箱戏，要唱点绝的，一般是唱“反串”戏。虽说是行当串演，演出也是一板一眼有规有矩，玩意儿一点不能差。

不过，小春子照例是拒绝。就像他十多年来一直拒绝那样。

小春子是春生戏班的头牌。打四岁起，他就被父亲送到戏班，跟着师父学戏了。师父好像一眼就看到了小春子骨子里的戏苗，进了班子没几天，就郑重宣布，小春子唱花旦，男扮女装的那种。不但唱花旦，连生活也是要花旦的生活。不可以跟师兄弟们混吃混住在一起，不可以用男声讲话，举手投足，一颦一笑，都要是戏里的女娇娥。

可别以为师父只是说说就算的。碰了师父的规矩，任你多亲多近，也不拘你年龄大小，那是要打板子的。拇指厚的枣木板子，噼噼啪啪拍在屁股上，没个十天半月，下不了床。

一次午饭，趁着师父不在跟前，大师兄庆来就带着两个师弟钻进小春子的房间，逗着小春子："吃个饭也跟个小娘们儿似的，连个声儿也没有。"大师兄敲锣，两个师弟敲边鼓，一会儿工夫就把小春子逗哭了。这事传到了师父耳里，庆来和两个师弟在床上整整叫唤了二十天。又一次，小春子在一边看师兄们唱《夜奔》，一时技痒，锵锵锵摆了林冲的造型，高亮的嗓子唱了一句。一边的师兄们还没来得及叫好，师父的棍棒就下来了，可怜的"八十万禁军教头"，一棒就被打翻在地，鲜血直流。

打那时起，小春子就再没有唱过别的。师兄们和外人眼里，小春子就是花旦，就是个女娇娥，再也不敢提他的男儿身。

小春子很快就出道了。出道的第一场戏是《贵妃醉酒》。“皓月当空，恰便似嫦娥离月宫，奴似嫦娥离月宫。好一似嫦娥下九重，清清冷落在广寒宫……”

也真是奇了，小春子一亮嗓，观众的眼前就再没小春子了，只有贵妃。那唱腔搅动的空气里，全是百媚千娇，柔顺凝脂。不但唱腔，连水袖也甩得迎风花开，仿佛那不是柔软无骨的丝绸，而是“回眸一笑百媚生”的意，是“玉楼宴罢醉和春”的魂。

小春子红了。红了的小春子唱《贵妃醉酒》，唱《霸王别姬》……但男儿身的他，独不唱生角，连说话也不粗声。以至于在外面，传得有神神道道，有闲言碎语。 这一回，大师兄庆来敲开了师弟小春子的门，任小春子如何拒绝，也不让步。庆来说：“十多年了，有师父在，你一直忍辱负重。可师父都去了快一年了，再没人拦着你，你也该回了你的男儿身。”

不独大师兄庆来，师娘也劝：“这些年，你师父把你一直当个女孩儿养着。他也许是想捧红你，但他太自私了些。年底唱了这出‘反串’，你也该自自由由重见天日了。”

小春子终于点头。

“封箱戏”里，小春子手执錾金虎头枪，一身英武的扮相，成了《挑滑车》里万夫不当的高宠。“又不是铁浮屠，哪怕它蓬莱山倒。挨挨挤挤任金兵乱扰，管叫他插翅难逃，管叫他插翅难逃！”

唱到末一句，本该气壮肝胆，男儿英豪。小春子却忽然破了嗓，把个英雄高宠唱成了千娇百媚的女娥。观众席上兴致满满的一众看客，一下子就炸了锅。有人嚷了一声：“这是欺负我们只会听女声呢！”一时间，无数双方才还在吃瓜搛菜的手，纷乱地扬起来，戏台上瞬间沦陷。可怜的小春子，丢了錾金虎头枪，双手抱头，瑟缩成一团。

多亏几个师兄弟拼命护着，才把丢盔弃甲的小春子救离了是非之地。

小春子的房间里，大师兄庆来揽着他的肩，柔声宽慰：“我知道不是你的错。这些年，师父他……委屈你了。今后，你想唱什么就唱什么，没人敢拦你！”

小春子怔怔地盯着大师兄，半晌，忽然扑进他的怀里，痛哭失声。边哭边叫：“我没有男扮女装。我是女儿身！我本就是女儿身哪！”

最后一个目标

周国华

电话铃声响起，霍克医生拿起话筒接听，目光钉子般钉在桌上的笔记本上。

挂了电话后，医生左手握了握拳，右手拿起笔，在笔记本上用力写下了“293”三个数字，眯起眼看了很久，才点了点头：“好，全了，刚好，感谢上帝。”

过道里，医生皮鞋声“咔咔”作响，富有节奏。

手术室内，护士们忙碌地准备着。医生修了指甲，消了毒，把大家叫到一起，鞠了个躬：“今天的手术对我很重要，拜托各位了。”众人愣了愣后，齐声道：“一定。”

十多分钟后，遇车祸的年轻人被送了进来。大家看了看，都低下了头。

——瞳孔放大，呼吸停止……很明显，病人已经死亡！手术室内的温度好似刹那间降到冰点，人们泄气了。

有人想为年轻人盖上白布，霍克医生摆摆手，手持两块电极板，为他做电击除颤，几次下来，毫无起色。助手劝道："没用了。"霍克医生一瞪眼："谁说的？！"

助手一愣。印象中，医生话不多，尽管刻板了点，但从不冲人发火。

医生放下工具，用双手为病人胸外按压。十几分钟过去，医生额头的汗水被擦拭了好几次，可年轻人依然没有血压。

看着老人手术帽外露出的白发，所有人的眼睛都湿润了。医生在小镇的这家医院工作几十年了，从未发生过医疗事故。曾经有大医院想高薪聘他，他没去，说等完成自己的一个心愿后再说。至于是什么心愿，他从未对人提起过。

助手抢过医生手里的活，大家轮流为年轻人除颤按压。半个多小时后，医生无奈地摆摆手："都尽力了，谢谢。"

医生解下口罩，面色就似眼前的白布一般，眼眸中满是无奈和哀伤。

上帝啊，医生明天就要退休，为什么要对他如此残酷？众人默默叹息。

医生走出手术室，步履沉重而迟缓，仿佛双腿绑上了沙袋。回到办公室，他取出笔记本，沉思良久，找来红笔将刚才写的那三个数字圈住，随后缓缓写下几个字。

窗外，一只苍鹰无精打采地飞向不远处的丛林，头也不回。

那片丛林，医生再熟悉不过。那儿，埋葬着小镇的英雄弗兰克上校。

战争刚开始时，弗兰克的未婚妻死于入侵者的炮弹下。弗兰克医生放下手术刀，扛起了钢枪。历经数百场大小战役后，他成了令敌军胆寒的将领。侵略者一宣布投降，上校就捧着鲜花去告慰心上人，却被敌军卑鄙的狙击手夺走了生命。

弗兰克情侣被安葬在小溪边，溪水清澈，长流不息。医生很喜欢去那边散散步，拔拔坟头的杂草，或静静地坐上一会儿，直到走不动的那一天。

退休后的第三年，医生躺在养老院里，再也无法下地。得知消息后，小镇几乎所有的人都赶来探望他，并劝他用药。医生淡淡地说："我的病，自己清楚，没必要浪费，这是上帝的安排。"

医生的固执惊动了镇长。镇长亲自上门了解情况。在战后缺医少药的年代，医生主动来到这个不起眼的小镇。几十年来，医治病人就好像是他生活的全部内容。可当小镇想回报他时，他却拒绝了。人们突然间想起，甚至于他来自何方，也没一个人知道。

“我已经决定了，请别让我带着遗憾去见上帝。”医生对镇长说了很多，语调平静。走时，镇长心事重重。

没过几天，医生去世了。

医生的墓地选在一片树林里，和弗兰克情侣相距三百余米。在他标记的地方，人们挖出了一把锈迹斑斑的狙击枪。镇长派人把枪送到弗兰克上校纪念馆里。

医生的胸前，放着一张发黄的旧报纸，还有一本笔记本。旧报纸内，详细记述了弗兰克上校的牺牲经过。笔记本上，则记录着一长串数字和名字，那些都是医生从死亡线上救回来的重病患者，总共有 292 个。而第 293 个，竟赫然写着一个人的名字。

哈斯勒！当年打冷枪的，正是敌军王牌狙击手、号称“丛林之鹰”的哈斯勒！战争中，有 293 人死在他枪下，其中大多数是指挥官、反坦克手和机枪手。

这“幽灵”谁也没见过，也没有他的照片，战后不知所踪。

墓碑上，刻着“霍克医生之墓”几个大字，这是全镇人的意见。唯有这一点，他们没有遵从医生的遗愿。

人们说，在天堂，没有人需要知道战争何时结束，因为那儿，永远不会有战争。

丁香雨

朱莲花

她在阳台上无数次向街口张望，总也不见他的踪影。担忧、焦虑和落寞交织成一张网，纠缠在她的心头。

明知他的电话已关机，还是忍不住一次次拨出那个烂熟于心的号码，她别无他法，不知道该去哪儿才能找到他。

这是他每一次深夜未归时，她所经历的情景。

不过，今晚不同，她说服自己不再等他归来，提着手提箱离开。

天空飘着小雪，在寒风中轻舞，经路灯的映照，迷离而模糊。走出家门，街上少有行人，楼群寂静地伴着她。

往事如雾，在她的泪眼里聚拢。

他是她的初恋，在单位众多的追求者中，她终于选定他送她回家。记得那时回家的路上，总有紫丁香的花瓣如雨飘过，轻轻洒落在他俩的身边。那是她最喜欢的花。空气中夹杂着温暖明快的感觉，还有对美好生活的期待。

他在丁香花如雨飘落时，抚着她的头发承诺："总有一天，会有为你独开的紫丁香，你的幸福会在花雨中绽放。"

一个寒冷的夜晚，他扔下她为陌生的行者寻找回家的路。孤独害怕中，站在深夜的街头，她因等他而气恼。也是在那一次，她下定决心要嫁给他。

总以为，能为陌生人生出一份怜悯的良善男人，应该是能够托付终身的。他的善良淳朴让她安全而快乐，她觉得她愿意为他步入琐碎的平淡生活。

当然，也有一个很重要的因素，他不喝酒。

她的父亲一直是豪饮的人。常是瘦小的母亲和她到父亲喝酒的地方，步履蹒跚地背着他回家。每次父亲酒醉归来，都是母亲没完没了地服侍，整夜难眠。她一直敬佩父亲，但却恼恨酒后的他。

她很庆幸自己找到一个不喜饮酒的丈夫，她觉得从此可以不用经受像母亲在父亲醉酒后那样的心情。

他知道这一切，基本上都不进酒场。

婚后的日子里，他们一同去上班，下班后她给他做饭、洗衣服。在租来的房子里，她慢慢地在阳台上养上许多美丽的花草，没事时，他会坐在家中看喜欢的电视节目，或者上上网，而她总是做着琐碎的家务，闲下来就捧着书。有时，她累了，就跑过来在他的背上趴一会儿，或者侍弄那些花花草草。他总是含着笑，看着她穿着宽大的棉布睡衣，像大孩子一样，脸上挂着满足的笑意，在屋子里制造出明媚的温暖。

她对他情深义重，愿意为他做一个温柔凡俗的女子，做这些琐碎平淡的家事。

紫丁香花开的季节，他揽着她的肩在那些花雨中行走，沾染些紫丁香的味道，把它们带回家。

很平静很温馨的日子，她觉得这就是她想要的幸福生活。

男人心里藏着什么，不易得知。

半年后，他突然天天早出晚归，和朋友们醉酒的日子多起来。

夜空是那样地美，星光灿烂。可这样宜人的夜晚，只有音响中如水的音乐陪伴着她，还有花草的芬芳若隐若现。

她苦苦劝他，希望他能和她相守着平淡的日子，看着她为他憔悴，不再妩媚，他的眼里亦满是怜惜。

可是，一到晚上，他还是毅然地出走。

寂寞和无奈，没有希望的期盼，日复一日地折磨着她。她开始对他失望，难道就不能为所爱的人收敛一下放纵的情绪？

她一直在等待他给她一个解释，但半年多，他在她面前对自己的行为只字不提。她期待地看着他，他只是默默地承受着她因失望而越来越冷淡的眼神。

路灯开始微弱，走在这个寒夜的街头，想到就要把他放弃，她的绝望在雪夜里飞舞。

忽然，前面有他熟悉的身影闪过。她悄悄地尾随着，在一条小巷的尽头，他掩上门走进去。

听到敲门声，他打开门，看到站在门外的她，他满脸愕然，张着两只灰白的拿着粉刷工具的手，愣着，样子可笑极了。

他喏喏地说："对不起，房东限期在年底前让我们搬走，半年前，我向朋友们借了点钱买房。因为门前有一块小小的空地，我想可以让你种植喜欢的花草和紫丁香，便毫不犹豫买下来。没钱雇工，房屋和院墙的装修，还有小花园，都是我在夜晚的空隙里亲手弄的。怕你压力大，我只好装作日日去喝酒的样子。"

新砌的院落，精巧的花池，三间贴满小花纹瓷砖的房子，要是在白天，一定会洒满明亮的阳光。

雪还在下，但很温润，轻落在她潮湿的脸颊。

她把自己的脸埋进他怀里，泪水无声地流下，曾在紫丁香花雨中相拥的幸福，再次像潮水一样涌出。

她想，以后的岁月，在紫丁香花开的日子里，她就可以如他所愿，慵懒地坐在摇椅上看书，嗅着它们的芬芳，任各种花瓣如雨飘落。

手机

朱幸福

柳叶轻轻拂过水面，把水草的腥味和油菜的馨香吹进村庄的时候，王大妈正坐在门口择蔬菜。她对老伴王老汉说：“这个星期六是你的生日，把几个孩子都叫回来，大家热闹热闹。”王老汉说：“你又不嫌麻烦了？”王大妈说：“自己家的孩子，有什么麻烦不麻烦的？”

王大妈有三个孩子，大学毕业后都留在城里工作，平时只有她和老伴在家。虽然每次孩子们回来老两口都要忙好几天，提前准备菜肴，洗好、烧好，孩子们还挑三拣四的，说这不好吃，那不合胃口，临走时还得带点土特产回去。等孩子们都走了，老两口还要洗洗涮涮地再忙大半天卫生，到晚上感觉全身骨头都疼，心里直后悔喊他们回家。但过不了几天，王大妈又要找借口叫他们回家，特别是年龄大了之后。

“那我就给他们打电话？”王老汉问。他只上过几年学，认不了多少字，用的是老年手机，小女儿按兄妹排行依次帮他设定好了快捷键：按键 1 打大儿子的手机，按键 2 打大女儿（老二）的手机，按键 3 是小女儿的手机号码，好记也好打。

“嗯！”王大妈点点头。

“儿子吗？你妈让你们全家这个星期六回来吃中饭。”王老汉打通了电话说。

“有什么事吗？”儿子问，“我和朋友约好去钓鱼呢。”

“星期六是你爸的生日。”一旁的王大妈赶紧冲手机喊了句。

“哦哦哦！回来，我们一定回来！”儿子连连答应道。

王老汉挂了电话，脸上浮现出一丝得意的微笑，又拨通了按键 2——大女儿的电话。

“老爸，想我了？”大女儿嬉皮笑脸地问。

“你妈想你了！让你们这个星期六回来吃中饭。”王老汉说。

“你小外孙上午要上辅导班呢。”大女儿解释道，她添的二孩刚三周岁。

“这么点大的小孩子上不上补习班都一样，你们兄妹三个都没上过补习班，不照样都考取了大学。必须回来！别把我小外孙累坏了。”王老汉口气很硬地挂了电话，又补了句，“这小丫头片子就配骂！”

王老汉将小女儿电话拨通了，递给老伴：“你生的孩子你跟她说。”

“你个老夹舌（说话不靠谱），不是你生的啊！”王大妈笑骂道，接过手机。

“老妈你是让我帮你回家烧饭吧？”小女儿在电话里说。

“是的，你哥哥姐姐他们都回来。你爸生日！”王大妈说。

“知道了！”小女儿挂了电话。

“电话里机器的声音很大，应该在上班。”王大妈解释道。

“别替他们打掩护，没一个好东西。”王老汉愤愤不平地说，“老子请你们回来吃饭，又不是请你们回来做农活，推三阻四的，一个也靠不住！”

星期六，天气虽然多云，但空气中依然弥漫着新翻泥土的气息，流淌着浓郁的油菜花香。儿女们一家家都如约回来了，给老两口都买了新衣服及鞋帽，还有蛋糕、烟酒之类，堆满了沙发。十几个人一进来，立刻把个老屋闹得热气腾腾。女儿、儿媳妇在厨房帮忙，两个女婿陪王老汉聊国际形势，小孩子们或看电视或玩手机游戏，各得其乐。

中午时分，一桌丰盛的酒菜上了桌。老两口端坐上席，儿女们在两侧和下席围坐。王老汉说：“今天高兴，都喝点酒吧。”大女婿赶紧说：“我下午送你小外孙上补习班，要开车，不能喝酒。”小女婿也摇摇手说：“我这两天胃有点疼，不想喝。”儿子知道王老汉平时喜欢喝酒，满满一大桌子菜没有人陪他喝酒心里肯定不爽，便自己斟了一杯酒，给老妈也斟了半杯酒，女人、小孩都端着饮料，大家齐声恭祝：“生日快乐！”算是开了席。大家也立即开吃，各取所需。王老汉看亲人满堂，很是兴奋，又喝第二杯。这时，儿子出去接了个电话回来说：“朋友去钓鱼弄了个大货，晚上大家要聚一下，中午我不能喝了，要留点酒量。”儿子不喝酒了，翻着手机和几个钓友聊天。女儿、女婿和几个大点的孩子们也都吃饱了，人手一机，有的在看朋友圈，有的在点赞，有的看着视频笑得听得花枝乱颤……只有老伴捧着饭碗哄三岁小外孙吃饭。

看大家都低头在手机上忙碌的样子，王老汉一个人喝着自己的生日酒，心里不免有点孤独，也有些窝火："都说养儿防老，我还不到七十岁，儿女们就这样冷落我了，要是我将来躺在床上不能动了怎么办？要教训他们一顿！"想到这，王老汉热血沸腾，把手机像惊堂木一样猛地往桌子上"啪"地一拍，冲着大家吼道："你们都给老子滚！"把大家都吓了一大跳，老伴赶紧跑过来问："怎么啦？又发酒疯啦！"王老汉看也不看老伴说："我知道你们都很忙，只有我和你妈没事干，闲的，你妈从昨天就在准备你们回家吃喝的东西，像伺候上大人一样伺候你们，可你们回来了一个个只晓得玩手机，都不愿跟我们多说几句话，要你们回来有什么用？这菜你们不吃，我倒了！"说完，伸手就要掀桌子，被儿子和老伴紧紧摁住。经这一闹，一家人不欢而散。

之后，王老汉虽然有点后悔自己的莽撞，但又放不下脸来跟孩子们道歉，也不好再喊孩子们回家。孩子们也知趣，有事只给王大妈打电话。寒假的时候，上大学的大孙女放假回家，曾专程给王老汉送了个智能手机，并教会了他手机照相、录像，微信语音、视频，下载了快手、抖音、象棋、纸牌、刘兰芳的评书等，把王老汉逗得十分开心。

春节时，儿女们照样全家都来拜年，王老汉也像什么事都没发生过似的。等饭菜都上桌子了，儿女齐聚，大家突然发现王老汉不在家，找了好半天，才发现他正靠在屋子南墙边的大草堆上一边晒太阳，一边玩手机，还笑得很开心。王大妈说："我就知道在玩手机，一大家人都在等你一个人吃饭呢。"王老汉这才有点不好意思地嘿嘿一笑："手机真是个好东西，用了就丢不下。"